国际大奖小说
纽伯瑞儿童文学奖银奖

小巫婆求仙记

[美]E.L.柯尼斯伯格 / 著

刘巍巍 / 译

天津出版传媒集团
新蕾出版社

图书在版编目 (CIP) 数据

小巫婆求仙记 / (美) E.L.柯尼斯伯格
(E. L. Konigsburg) 著；刘巍巍译. -- 天津：新蕾出版社, 2020.7 (2025.4 重印)
(国际大奖小说)
书名原文：Jennifer,Hecate,Macbeth,William Mckinley,and me,Elizabeth
ISBN 978-7-5307-6892-1

Ⅰ.①小… Ⅱ.①E… ②刘… Ⅲ.①儿童小说-中篇小说-美国-现代 Ⅳ.①I712.84

中国版本图书馆 CIP 数据核字(2020)第 031582 号

Original English language edition:
Copyright © 1967 by E. L. Konigsburg
Copyright renewed © 1998 by E. L. Konigsburg
Published by arrangement with Atheneum Books for Young Readers,
an imprint of Simon & Schuster Children's Publishing Division
All rights reserved. No part of this book may be reproduced or
transmitted in any form or by any means, electronic or mechanical,
including photocopying, recording or by any information storage
and retrieval system, without permission in writing from the Publisher.
Simplified Chinese translation copyright © 2020 by New Buds
Publishing House (Tianjin) Limited Company
ALL RIGHTS RESERVED
津图登字：02-2019-128

书　　名	小巫婆求仙记　XIAO WUPO QIU XIAN JI
出版发行	天津出版传媒集团 新蕾出版社
	http://www.newbuds.com.cn
地　　址	天津市和平区西康路 35 号(300051)
出 版 人	马玉秀
电　　话	总编办(022)23332422 发行部(022)23332351　23332677
传　　真	(022)23332422
经　　销	全国新华书店
印　　刷	天津新华印务有限公司
开　　本	880mm×1230mm　1/32
字　　数	66 千字
印　　张	5.25
版　　次	2020 年 7 月第 1 版　2025 年 4 月第 9 次印刷
定　　价	26.00 元

著作权所有，请勿擅用本书制作各类出版物，违者必究。
如发现印、装质量问题，影响阅读，请与本社发行部联系调换。
地址：天津市和平区西康路 35 号
电话：(022)23332677　邮编：300051

一辈子的书

◎梅子涵

◆亲近文学◆

　　一个希望优秀的人,是应该亲近文学的。亲近文学的方式当然就是阅读。阅读那些经典和杰作,在故事和语言间得到和世俗不一样的气息,优雅的心情和感觉在这同时也就滋生出来;还有很多的智慧和见解,是你在受教育的课堂上和别的书里难以如此生动和有趣地看见的。慢慢地,慢慢地,这阅读就使你有了格调,有了不平庸的眼睛。其实谁不知道,十有八九你是不可能成为一个文学家的,而是当了电脑工程师、建筑设计师……可是亲近文学怎么就是为了要成为文学家,成为一个写小说的人呢?文学是抚摸所有人的灵魂的,如果真有一种叫作"灵魂"的东西的话。文学是这样的一盏灯,只要你亲近过它,那么不管你是在怎样的境遇里,每天从事怎样的职业和怎样地操持,是设计房子还是打制家具,它都会无声无息地照亮你,使你可能为一个城市、一个家庭的房间又添置了经典,添置了可以供世代的人去欣赏和享受的美,而不是才过了几年,人们已经在说,哎哟,好难看哟!

谁会不想要这样的一盏灯呢?

◆阅读优秀◆

文学是很丰富的,各种各样。但是它又的确分成优秀和平庸。我们哪怕可以活上三百岁,有很充裕的时间,还是有理由只阅读优秀的,而拒绝平庸的。所以一代一代年长的人总是劝说年轻的人:"阅读经典!"这是他们的前人告诉他们的,他们也有了深切的体会,所以再来告诉他们的后代。

这是人类的生命关怀。

美国诗人惠特曼有一首诗:《有一个孩子向前走去》。诗里说:

> 有一个孩子每天向前走去,
>
> 他看见最初的东西,他就变成那东西,
>
> 那东西就变成了他的一部分……

如果是早开的紫丁香,那么它会变成这个孩子的一部分;如果是杂乱的野草,那么它也会变成这个孩子的一部分。

我们都想看见一个孩子一步步地走进经典里去,走进优秀。

优秀和经典的书,不是只有那些很久年代以前的才是,只是安徒生，只是托尔斯泰，只是鲁迅；当代也有不少。只不过是我们不知道，所以没有告诉你；你的父母不知道，所以没有告诉你；你的老师可能也不知道，所以也没有告诉你。我们都已经看见了这种"不知道"所造成的阅读的稀少了。我们很焦急，所以我们总是非常热心地对你们说，它们在哪里，是什么书名，在哪儿可以买到。我就好想为你们开一张大书单，可以供你们去寻找、得到。像英国作家斯蒂文生写的那个李利一样，每天快要天黑的时候，他就拿着提灯和梯子走过来，在每一家的门口，把街灯点亮。我们也想当一个点灯的人，让你们在光亮中可以看见，看见那一本本被奇特地写出来的书，夜晚梦见里面的故事，白天的时候也必然想起和流连。一个孩子一天天地向前走去，长大了，很有知识，很有技能，还善良和有诗意，语言斯文……

同样是长大，那会多么不一样！

◆自己的书◆

优秀的文学书，也有不同。有很多是写给成年人的，也有专门写给孩子和青少年的。专门为孩子和青少年写文学书，不是从古就有的，而是历史不长。可是已经写出来的足以称得上琳琅和灿烂了。它可以算作是这二三百年来我们的文学里最值得炫耀的事情之一，几乎任何一本统计世纪文学成就的大书里都不会忘记写上这一笔,而且写上一个个具体的灿烂书名。

它们是我们自己的书。合乎年纪,合乎趣味,快活地笑或是严肃地思考,都是立在敬重我们生命的角度,不假冒天真,也不故意深刻。

它们是长大的人一生忘记不了的书,长大以后,他们才知道,原来这样的书,这些书里的故事和美妙,在长大之后读的文学书里再难遇见,可是因为他们读过了,所以没有遗憾。他们会这样劝说:"读一读吧,要不会遗憾的。"

我们不要像安徒生写的那棵小枞树,老急着长大,老以为自己已经长大,不理睬照射它的那么温暖的太阳光和充分的新鲜空气,连飞翔过去的小鸟,和早晨与晚间飘过去的红云也一点儿都不感兴趣,老想着我长大了,我长大了。

"请你跟我们一道享受你的生活吧!"太阳光说。

"请你在自由中享受你新鲜的青春吧!"空气说。

"请你尽情地阅读属于你的年龄的文学书吧!"梅子涵说。

现在的这些"国际大奖小说"就是这样的书。

它们真是非常好,读完了,放进你自己的书架,你永远也不会抽离的。

很多年后,你当父亲、母亲了,你会对儿子、女儿说:"读一读它们,我的孩子!"

你还会当爷爷、奶奶、外公和外婆,你会对孙辈们说:"读一读它们吧,我都珍藏了一辈子了!"

一辈子的书。

目录

第一章
相遇 / 001

第二章
万圣节 / 018

第三章
神圣的仪式 / 025

第四章
争吵 / 038

第五章
圣诞演出 / 049

第六章
老两口儿/068

第七章
生日派对/088

第八章
乐小天/110

第九章
友谊危机/128

第十章
真相/136

Jennifer, Hecate, Macbeth, William
McKinley, and me, Elizabeth

第一章 相遇

我第一次遇见詹妮弗是在上学的路上。那是万圣节的前一天,午饭时间与往常不太一样。学校要求我们中午回家装扮好,以便参加下午的万圣节游行。我扮成了一个清教①徒。吃完午饭,回学校的路上,我看到了坐在树上的詹妮弗。

就在开学前,我家在九月份刚刚搬进了这个地方的公寓。我总是一个人走小路去学校:一个人走,是因为没

---

①清教,指16世纪出现于英国的基督教新教派别之一。

有人可以陪我；走小路，是因为能穿过一片我喜欢的小树林。詹妮弗当时就坐在这片小树林中的一棵树上。

我住的公寓楼建了十年了，之前这块地方是个农场。现在街对面仍有一小片农场，农场里有一幢白色的大房子，一座温室花房，一间看门人住的小屋，还有台没有把手的、刷着绿漆的水泵。花房的窗户干净明亮，在阳光下熠熠发光。从我家的二楼望出去，只能看到花房顶棚的窗户，花房的其他部分被大树和灌木挡住了。妈妈从不叫那里"农场"，她喜欢叫它"庄园"。这座庄园很老了，庄园的女主人也很老了。她把一部分土地捐给镇里，建了个公园。这个公园以她的名字命名，叫"赛默森公园"。从我们住的公寓望出去，正好能望见这个公园，那儿的景色很美，妈妈很喜欢那些大树。

我们现在住的这个小镇里公寓楼并不多，大多数人住在独立的房子里。像我们这样大的公寓楼有三栋，都建在火车站附近的小山顶上。每天早上都有上百人坐火车

Jennifer, Hecate, Macbeth, William McKinley and me, Elizabeth

去纽约市上班,晚上再坐火车下班回来。我爸爸就是其中一员。每天早晨,电梯里都满载着去上学的孩子和赶火车的爸爸。出了电梯,孩子们从公寓楼的后门跑出去,沿着小山一侧的路去学校;爸爸们从公寓楼的前门离开,沿着小山另一侧的路去火车站。

还有一些住在这栋楼的孩子不喜欢走大路,而选择穿过一片小树林去学校。十年过去了,孩子们的脚步都快把泥土踩没了,很多大树的根部都露出了地面,陡坡上也踩出了方便上下的台阶。从这个小树林里走,比走大路有意思多了。我喜欢闻大树的味道,也喜欢看树木的颜色。我喜欢边走边仰着头,仰得都快摔倒了,因为这样我就可以看见树叶与蓝天交织在一起的斑驳的景象。

第一次遇见詹妮弗的时候,我正仰着头看树叶,而她在一棵树上。她当时也打扮成了一个清教徒的模样。她坐在一根比较矮的树枝上,前后晃着腿,所以首先映入我眼帘的就是她的脚。那是一双我看过的最瘦小的脚了。当时

的情景就好像我坐在电影院的第一排看立体电影,这双脚一下子从正前方晃到我眼前。詹妮弗穿的真的是清教徒的鞋子,上面有搭扣,皮子旧得都开裂了。这双鞋太大了,所以只是挂在詹妮弗的脚趾上,鞋后跟则晃晃荡荡的,好像随时会掉下来一样。

我一把抓住鞋后跟,推了推,想把鞋穿回她瘦骨嶙峋的脚上。接着我用身上的清教徒衣服的围裙擦了擦手,抬头看到了詹妮弗。我当时还不知道她的名字呢。她看起来一点儿笑容也没有,这让我有些不知所措。

"你的鞋子会掉的。"我尽量大声地说道,希望声音听起来能底气十足,可其实我的声音跟蚊子哼哼差不多。

詹妮弗这辈子跟我开口说的第一句话就是:"女巫从不掉东西。"

"可你不是女巫呀。"我说道,"你是清教徒。你看,我也是。"

"我不想和你争论。"詹妮弗说,"没必要,女巫会证明

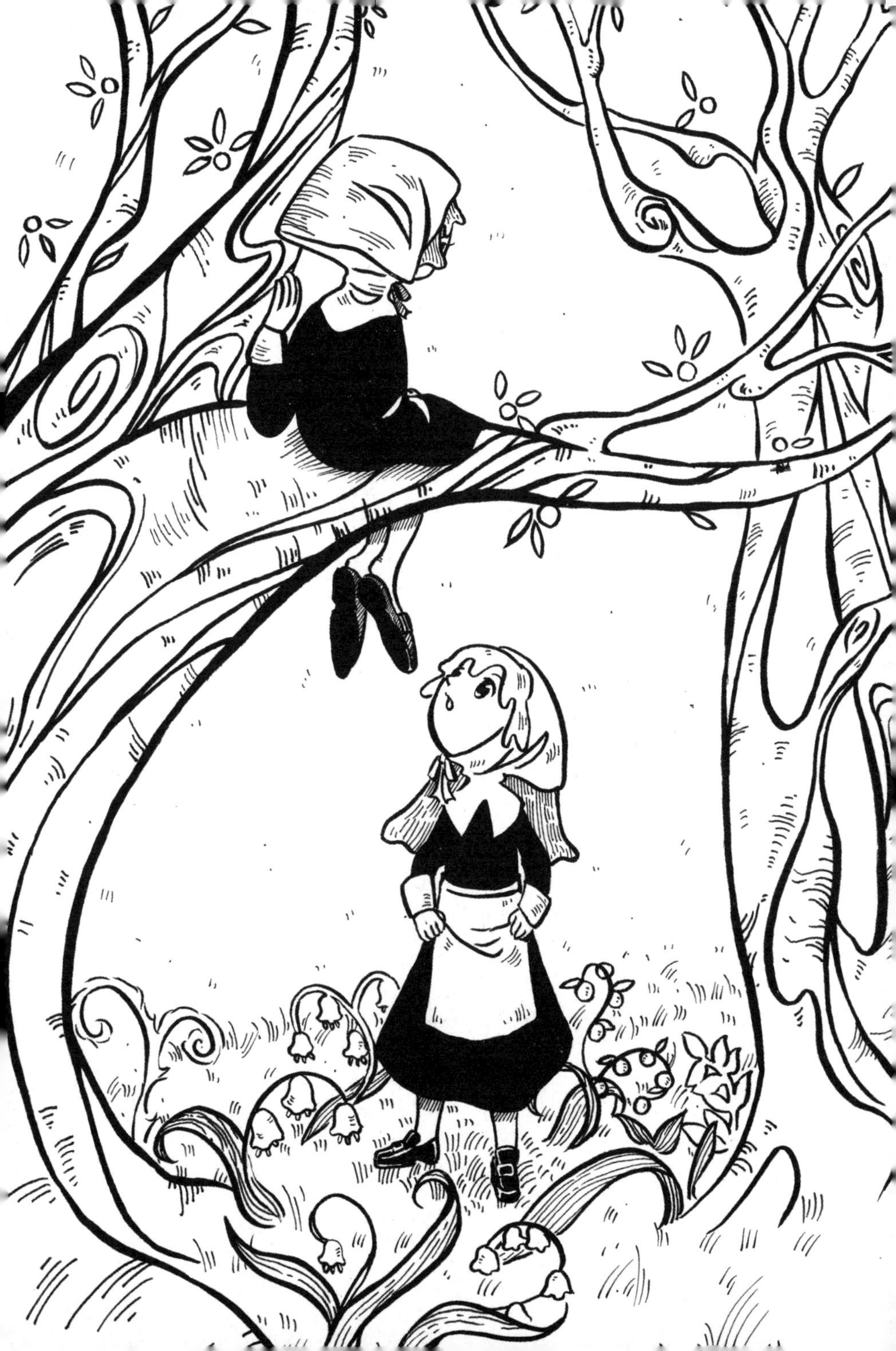

自己的。我可以告诉你的是,真正的女巫就是清教徒。我不穿黑色的傻袍子,不骑傻扫把,不戴傻帽子,不代表我就不是个女巫。不只是在万圣节,我一直都是女巫。"

我不知道怎么回答才好,于是就说了一句我妈妈常说的话:"你要抓紧啦,不然上学要迟到了。"每次妈妈无法回答我的问题时,都这么说。

"女巫从不迟到。"詹妮弗说。

"但是女巫也得上学呀。"话一出口,我就后悔了,这话听起来好像有点儿傻。

"我上学是因为老师要在我的咒语下工作。"詹妮弗说。

"哪个老师?女巫老师?哈哈哈,你明白我的意思了吗?"我问道。①我边说边笑了起来,为终于说了句聪明话而感到开心。

詹妮弗既没有笑也没有回答,但是我确信她听懂我

---

①"哪个"(which)和"女巫"(witch)在英语中发音相同。

的话了。她一动不动地看着我说:"把你的三块巧克力曲奇饼干给我,我就会跳下树告诉你我的名字,而且还可以陪你一起走到学校。"

我不太饿,不想吃那几块曲奇饼干,可是我真的好想有个一起走路的伴儿啊,于是我说:"好吧。"我伸手把曲奇饼干递给她,暗自好奇她是怎么知道我有饼干的,它们可是装在袋子里的呀!

詹妮弗从树枝上跳下来的时候,我瞥见了她的衬衣——跟想象的一样,看起来可有些年头儿了。我从没见过类似的衬衣,它的款式很复古,是系扣的,而不是松紧带的。她还穿着长长的衬裙。她的这身清教徒衣服看起来比我的还有年代感。当然了,我的清教徒装扮已经不算新了。去年万圣节时我就穿过,现在换了新学校,上了不同的年级,就又穿上了。而且,这套衣服我表姐以前也穿过。今年我没怎么长个儿,所以还能穿,只不过有点儿短,有点儿紧,系别针的地方有点儿痒……总之,就是很不舒服啦。这么说吧,我的这身衣服如果算是件"传家宝"的话,詹妮弗的那身就是地道的"老古董"了。

詹妮弗跳到地上,我这才发现她个子比我高。不过我是班里最矮的孩子,从小到大都是,所以无论谁都比我高。詹妮弗很瘦,确切地说是皮包骨。她走到我的面前,看着我手里的那袋曲奇饼干说:"你敢保证一口没咬过吗?"

"当然,我能保证!"我说道。我都有点儿生气了,但君子一言,驷马难追嘛。

"好吧。"詹妮弗边说边从袋子里拿出一块曲奇饼干,"我叫詹妮弗。我们可以走啦。"话音刚落,她就抓着装有剩余两块曲奇饼干的袋子,往前走去。

"等一等。"我喊道,"总要礼尚往来吧。你难道不想知道我叫什么名字吗?"

"我说过女巫从不迟到,但是我不能担保你也不会迟到……伊丽莎白。"

她竟然知道我的名字!她走得太快了,简直是在飞,

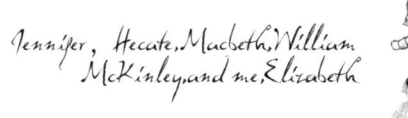

Jennifer, Hecate, Macbeth, William McKinley, and me, Elizabeth

所以我已经基本确信她就是个女巫了。我们到学校的时候,上课铃刚好响起。詹妮弗所在的班级离楼梯口很近,所以当她溜进教室的时候,铃声还没停。而到我的教室要经过其他四间教室,等到我走进教室的时候,铃声已经停了。

詹妮弗的话应验了:女巫从不迟到,而我却迟到了。迟到的感觉,就好像穿这身紧绷绷的清教徒衣服一样,让我很不舒服。大概没有哪个清教徒会像我这么倒霉吧,在全班的注视下走到自己座位的感觉可真不好受。我的座位在教室的后面,走向座位的这条路实在是太长了,这下全班人都能看到我这个满脸通红的清教徒了。我知道自己马上就要哭了,我可不想让大家看到我哭鼻子,所以我不敢抬头,忍着眼泪,一直走到座位上坐好才抬起头。这时,我发现我们班有六个人扮成了清教徒:除了我以外,还有三个女孩,两个男孩。对于一个二十人的班级来说,清教徒的数目可真不少呀!但是没有一个人是女巫,我暗

自想。在仔细地看了班里这几个清教徒的衣服和鞋子后,我确定至少有三个穿的是他们哥哥姐姐去年万圣节穿过的衣服。

老师哈森小姐宣布,因为要举行万圣节游行,我的"放学后留校"的处分延期到明天。"放学后留校"是学校的一项规定:如果学生上学迟到了,那天放学的时候就要留下来。孩子们把这种处罚叫作"课后留堂"。我一点儿也不感激哈森小姐的延期决定,她完全可以不处罚我嘛。

那天下午的课很短,我在课上表现得也不算好。穿着这身清教徒衣服,我浑身又紧又痒的,所以我不是拽衣服,就是把手伸进清教徒的帽子里挠脑袋。如果不是怕显得不礼貌,我恨不得挠遍全身所有痒痒的地方。

下课后,每个班都要到走廊里排队,然后列队前往礼堂就座,接着一个班一个班地轮流走上舞台,让评委们打分,其他班级则在台下当观众。走廊尽头的班级最先出发去礼堂。

Jennifer, Hecate, Macbeth, William McKinley, and me, Elizabeth

我的教室在走廊中间的位置，所以列队的时候两边还有其他班级。这么多人一起排队，走廊一时间显得十分狭窄。有的学生身上套着大纸盒，打扮成香烟盒或者小跑车，一身臃肿地往前挤。这时，我看到了詹妮弗。她站在她们班队伍的最后，既没向左看，也没向右看，而是微微仰着头看着天花板。我一直盯着她，希望她跟我打招呼，这样我就不会觉得站在这里很孤单了，但是她没有。不过，她接下来做的事情让我大吃一惊。

在讲詹妮弗到底做了什么之前，我得先说说一个叫辛西娅的女孩。所有大人都会觉得辛西娅是个完美的好孩子吧。她长得漂亮，穿着整洁，还很聪明。我想这就是大人们评判好孩子的标准吧。辛西娅家跟我家住在同一栋公寓楼里，我妈妈就是个"大人"，在她眼中，辛西娅就是个完美的好孩子。在我们刚搬到这个地方的时候，妈妈还总想方设法地让我跟辛西娅做朋友。她总是会给我些暗示。比如，暗示一："你为什么不给辛西娅打个电话，问问

她愿不愿意领你去图书馆呢？你还可以邀请她共进午餐。"或者，暗示二："我现在要把购物袋里的东西拿出来放好，你为什么不去找辛西娅玩呢？"

没过多久，我就发现辛西娅其实……其实并没有那么完美，确切地说，辛西娅其实……其实很刻薄。

这儿有个例子。我们公寓楼里有个小男孩，名叫约翰，他家刚从德国搬到这里，比我家早一个月。他的名字拼写起来有点儿特殊，因为要用德语。约翰喜欢辛西娅，我想是因为辛西娅长得漂亮吧。所以辛西娅去哪儿，约翰就跟着去哪儿，但是他还不太会说英语，总是喊着"辛思娅""辛思娅"，辛西娅老是取笑他，她会做出夸张的口型，说："西，西，西！我的名字是辛西娅，不是辛思娅。"约翰微笑地跟辛西娅学，结果说出来的还是"辛思娅"。辛西娅继续做出夸张的口型，说"西，西，西"，然后就一扭头，从约翰身边跑开不理他了。我很喜欢约翰，他要是能天天追着我跑该多好呀，我很乐意教他英语，就算他把我的名字念

成"伊丽思白"也无所谓。

另一个适合形容辛西娅的词是"两面派"。因为每次大人在的时候,她都对约翰很好,她会笑着亲切地拍拍约翰的头。只要大人一走,她就变回了老样子。

还有一件事:辛西娅肯定不缺我这么个朋友。她有个很要好的朋友,叫德乐斯,也住在我们这栋楼。每当我跟她们搭一部电梯的时候,她俩总是窃窃私语,咯咯地笑个不停。所以我一般会比她们早出发去上学,好避开她们。不过到了休息日,有时我还是会在电梯里碰见她们,这时我就当她们不存在。因为我住在二楼,她们住六楼,所以我会比她们先下电梯。我在电梯里攥紧拳头,等到出电梯的前一秒,快速地按下每一层的按钮。出了电梯,我要看着电梯的指示灯在每一层都停一遍,才心满意足地蹦蹦跳跳地回家。

为了这次万圣节,辛西娅穿上了全套真正的芭蕾舞演员的服装:紧身衣、紧身裤、芭蕾舞鞋和芭蕾舞裙。芭蕾舞裙就是那种蓬蓬的短裙，可是辛西娅穿上就像是腰部围了个尼龙网做的甜甜圈。除了以上这些行头，她还刷了腮红，擦了眼影，涂了口红，头上还戴了个小王冠，看起来确实光彩照人。但是我能看出来，穿这身衣服，她都要冻死了。她冻得牙齿咯咯直响，浑身直打冷战，可她就是不肯套上件毛衣。

我们班当时在走廊里排队等着去礼堂，詹妮弗的班级队伍从面前经过的时候，辛西娅转过头跟打扮成清教徒的德乐斯窃窃私语，还咯咯地笑成一团，好像是在说詹妮弗的坏话。

詹妮弗出手了！经过辛西娅的时候，她以迅雷不及掩耳之势伸出手，解开了辛西娅的蓬蓬裙。我当时碰巧正盯着詹妮弗看呢，尽管如此，我也不敢相信她确实这样做了。詹妮弗继续拖着鞋嗒啦嗒啦地跟着队伍走，眼睛看向天花板，好像什么都没有发生。没等我反应过来，她已经把一张纸条塞进了我的手里。真是难以置信，可是我手里

确实握着张纸条呀！于是我把纸条团成一团，藏到了围裙下面。整个过程，詹妮弗一直没把目光从天花板移开，也从来没离开队伍半步。

我想让大家都看到辛西娅掉了裙子的模样，于是用手指着她喊："哦，天哪！"我的声音很大，所以连走廊两端的人都看到了辛西娅的样子，哈哈大笑起来。

辛西娅并不难为情，她太喜欢被别人关注了，即使自己的裙子掉了也不在乎。她两脚从裙子里跨出来，捡起裙子抖了抖，又把裙子从头上套进去，重新在腰上系好。她还用手摆弄了一下头发，就像女士们刚从美容院里出来时那样。我心想，希望她穿上这裙子浑身痒痒才好呢！

终于轮到我们班进礼堂了。我坐下来后，在围裙的遮掩下双手打开了纸条，然后小心翼翼地把手抽出来，瞥了一眼，大吃一惊。纸条上是这样写的：

今晚六点半，一起去玩"不给糖就捣蛋"。老地方见。带两个袋子。还有，你的曲奇饼干很好吃。

我拿着小纸条研究了很久。整个万圣节游行活动中，我脑子里想的都是这张小纸条，比如，詹妮弗是用羽毛笔写的吗？

可想而知，我的这身清教徒装扮什么奖也没得到。辛西娅没得奖，詹妮弗也是（虽然我觉得她应该得奖）。大家排队一一上台的时候，都戴着面具。每个人走到中央要停下来，向舞台下坐在桌子前的评委行屈膝礼或者鞠躬（女孩行屈膝礼，男孩鞠躬），然后再走下台。好玩儿的是，有些女扮男装的女孩忘记了自己扮演的角色，仍然行了屈膝礼。当我在台下坐着当观众的时候，詹妮弗穿着她那双大得惊人的清教徒的鞋子嗒啦嗒啦地走上了舞台。她甚至没戴面具，而是在头上套了个棕色的大纸袋子，上面也没给眼睛留两个窟窿。然而，从踏上台阶、走上舞台、停下行屈膝礼，再到走下舞台，她全程既没磕绊，也没摔倒，那双巨大的鞋子居然也没掉。

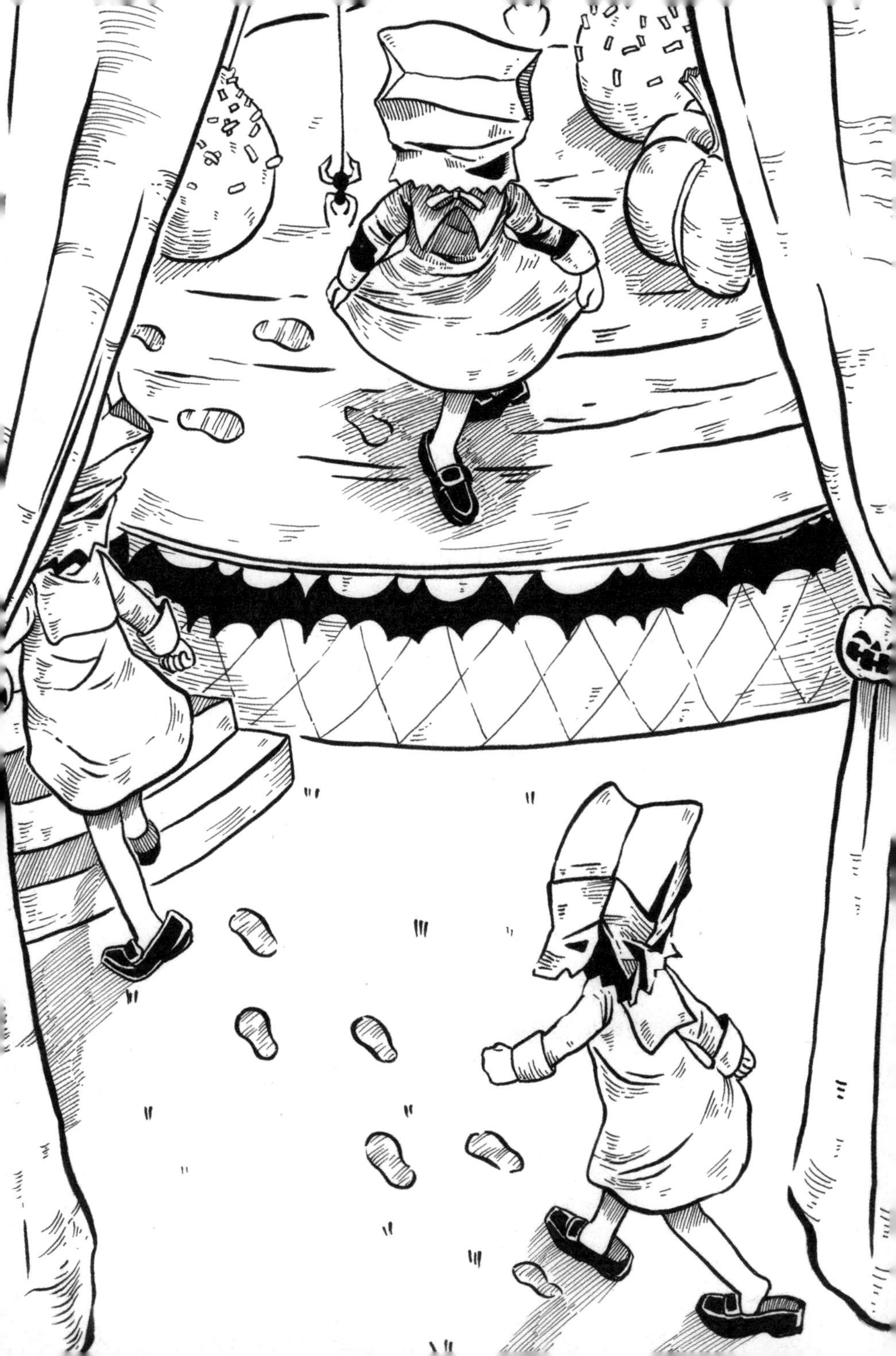

第二章　万圣节

万圣节前夜，我家的晚饭吃得匆匆忙忙。尽管如此，没等我们吃完，一些玩"不给糖就捣蛋"的孩子就已经上门了。最早来的一批，大都是需要妈妈帮着按门铃的小不点儿。

我没告诉妈妈詹妮弗的名字，只是说六点半约了一个朋友一起去玩"不给糖就捣蛋"。妈妈问了句："是同学吗？"我含糊地说了声"是呀"，就出门了。

白天一天比一天短，十月下旬的夜晚已经有点儿冷

了。所以我在这身清教徒的衣服外面套了件旧的滑雪夹克，这衣服看起来就好像是跟印第安人做了笔不太划算的买卖换来的。詹妮弗已经在等我了。她斜靠在大树上，穿着黑色的棉质长筒袜，还戴了一条黑色的大围巾。她浑身散发出一股樟脑球的味道，而我恰巧很喜欢在秋天闻到这种味道！

"嘿！"我喊道。

"我要那个大点的袋子。"她说。

她都没说"请"字。

我把袋子都递给她，她拿走了较大的那个，也没说"谢谢"。她的礼节跟普通人不太一样，我猜女巫可能从来都不会说"请"或者"谢谢"吧。从小到大，妈妈一直在教我说礼貌用语，我也这么做了，因为我觉得说"请"和"谢谢"可以让对话更体面一些，就像蝴蝶结和蕾丝会让衣服更漂亮一样。而我崇拜詹妮弗的地方就在于，她不需要这些礼貌用语也能大方得体，应对自如。

詹妮弗打开了大袋子,把头探进去,念起了咒语:

小袋子,大袋子,邮局里的绿袋子,

用所有好吃的东西装满我的大袋子。

念完,她从袋子里探出头,紧了紧围巾,说:"我们可以走啦!"

"你是不是想说'小袋子,大袋子,衣服上的口袋'?"我问道,"'邮局里的绿袋子'是用来寄东西的,'衣服上的口袋'才是装东西的呢。"

詹妮弗仰着头望着天,耸了耸肩,边走边说:"咒语就是这样的。"

我也耸了耸肩,跟着她往前走。突然,詹妮弗消失在一棵树的后面,可是并没有什么神灵把她带走呀。一分钟以后,詹妮弗又出现了,还拉了一辆小推车。那是一辆很普通的儿童小推车,但是为了让车身更高,她用细铁丝网沿着边沿缠了几圈。詹妮弗拉着小推车,挎着大袋子,裹紧大围巾,嗒啦嗒啦地走向了第一户人家。我在后面紧紧

Jennifer, Hecate, Macbeth, William McKinley, and me, Elizabeth

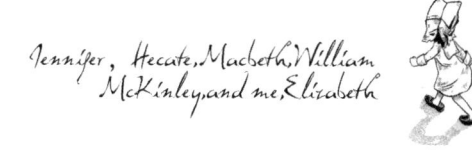

跟着。

我玩"不给糖就捣蛋"的游戏有好几年了。从我还是一个小不点儿的时候就开始玩了,那时是妈妈帮我挨家挨户按门铃的,就像今天晚上,那些小不点儿的妈妈帮他们做的那样。我在万圣节讨要糖果的时候扮演过护士、耗子(穿的是那种连体睡袋),还有些别的角色,比如去年和今年都扮演了清教徒……总之,我已经玩"不给糖就捣蛋"好多好多年了,算是个老手了,也见识过不少孩子是怎么讨要糖果的。但是詹妮弗今天的表现,却让我大开眼界!

以下是詹妮弗的万圣节讨糖果秘诀:1.把小推车停在一户人家的外面,远离房主的视线。2.按响门铃。3.当主人开门的时候,她不像其他孩子那样笑着大喊"不给糖就捣蛋",而是静静地、面无表情地站在那儿。4.接着,她会半倚在门框上,说道:"我就想要杯水喝。"5.她会大口大口地喘着气。6.男主人或者女主人通常会说"当然可以啦",

然后马上拿给她一杯水。7.当她伸手去接水的时候,手里的大袋子会"不小心"掉在地上,里面空空如也。8.男主人或女主人自然会注意到这个一无所有的袋子,然后问:"难道你不想要点好吃的吗？"9.男主人或女主人会拼命地用好吃的塞满詹妮弗的袋子。10.男主人或女主人也会给我的袋子里塞些好吃的。11.詹妮弗和我离开这户人家。12.詹妮弗把战利品丢进小推车。13.詹妮弗带着空空如也的袋子嗒啦嗒啦地走向下一家。14.我像跟屁虫一样跟在后面。

詹妮弗在每户人家都如法炮制。她总是要杯水喝,总是会"不小心"把袋子掉到地上。我问她怎么能喝下那么多水,至少有二十四杯了！她没回答我,而是耸耸肩,仰着头望着天走向下一家。我突然想起来,好像当巫师都要经过一道跟水有关的考验。不过我转念一想,那个考验是看巫师能不能浮在水面上,而不是看肚子里能装下多少水呀！

Jennifer, Hecate, Macbeth, William McKinley, and me, Elizabeth

我问詹妮弗为什么不戴面具,她说穿一身万圣节的装扮就足够了。她还说,她一年到头都是个女巫,却要装扮成一个非常普通的小女孩,终于到万圣节了,她反而可以卸下伪装了。我暗自想,她也许真是个女巫,当然啦,也是个女孩,一个绝不普通的女孩!

我敢打赌,这个万圣节詹妮弗得到的糖果比我这些年讨到的所有糖果加起来还要多,包括我穿着睡袋打扮成耗子的那次!因为这次我一直跟在詹妮弗后面,所以我也得到了比往年万圣节多得多的糖果。虽然跟詹妮弗的收获还是没法儿比,不过我也算是满载而归了。

詹妮弗和我在离我家还有一条街的地方分了手。袋子太重了,我一手按电梯按钮的时候,另一只手实在拎不动了,所以就把袋子放在了地上。电梯一来,我刚弯下腰去提袋子,就听到了衣服开裂的刺啦声。回到家,虽然已经筋疲力尽了,不过我还是非常开心,不仅因为今晚的讨糖果游戏大获全胜,还因为没在电梯里碰到烦人的辛西娅。不过最让我开心的,是这身清教徒装扮终于"寿终正寝"了,明年的万圣节我再也不用当一个浑身发痒的清教徒啦!

Jennifer, Hecate, Macbeth, William McKinley, and me, Elizabeth

第三章 神圣的仪式

第二天,学校里的一切看起来都很顺利。我们在体育馆玩躲避球的游戏,我成功地让辛西娅出局了。当时我打了一记好球,正好打在她的腿肚子上,差点儿让她摔个大马趴。不过当着老师的面让辛西娅出丑并没什么好果子吃。因为老师是成年人,而辛西娅在成年人面前又是一副乖巧的模样。老师叫她离场的时候,她还一脸笑容,就好像出局是一件特别光彩的事。

我不介意在那天下午接受"课后留堂"的处罚。反正天气又阴又冷,下午也没什么别的事可做,更没什么朋友陪我。哈森小姐罚我写一百遍"我再也不迟到了",我花了好长时间完成这个处罚。我尝试了用各种不同的印刷体和手写体去写这几个字。我还试着模仿詹妮弗的笔迹,但是后来我才发现用圆珠笔可写不出她那样的字。我又用罗马数字标注了行数,这也花了很多时间。我总要停下来去想"四十九"是应该写成"XXXXIX""XLIX",还是"IL"。我敢打赌我比哈森小姐更享受这项处罚,她也许暗自后悔,觉得罚我写五十遍就好了。她不时地催促我,说"你得快点了"或者"你快写好了吧",又或者"你以前比这写得快呀"。

我终于写完了。今天的回家路好像感觉不那么孤独了,因为看不到平时放学路上那些三三两两结伴而行的学生了,甚至在十字路口站岗的那些警察都已经下班了。我安安静静、慢慢吞吞地走着,哈森小姐开着车,嗖地经过我身边,我跟她挥手打招呼,她都没有注意到。我估计

开那么快，她的注意力应该都在方向盘上了吧。她应该庆幸警察已经下班，没人会开超速罚单了！身边那些小树的叶子已经开始凋落，仿佛在提醒人们十一月已经到来。又或者是因为这阴沉的天气，才让人感觉一切都这么萧瑟。

走进小树林没多久，我突然发现詹妮弗坐过的那棵树上钉着一张小纸条。是给我的！给我的！我知道那一定是给我的！这是一张褐色的纸，上面是詹妮弗独特的笔迹：

图书馆阅览室，周六早上十点见。

我把纸条折好，钉子留在了树上。接下来的路我基本是飞奔回家的，真希望五分钟以后就到星期六。

这个星期剩下的几天真难熬，就像过了一个月那么久。好在周六终于来了。这是一个金灿灿的充满秋天味道的日子。我告诉爸妈今天就不陪他们去超市了，因为我在图书馆有些功课要做。他们没什么反对意见，通常他们去超市的时候都觉得带着我是个累赘，我在超市也不太受欢迎。有一次，我推着购物车跑的时候，撞倒了一堆垒得像座小山似的饼干盒。稀里哗啦，"雪崩"了！饼干盒掉得满地都是。我跟超市经理保证我会把它们都捡起来的，我也确实做到了！我把饼干盒摆得相当有艺术感，但通道也因此堵了四十五分钟。从此以后我在超市就不受欢迎了。

当我到达图书馆阅览室的时候，詹妮弗已经在那儿了。她的小推车停在百科全书的书架旁。我进去的时候，她正在看一本厚厚的地图册。人们在图书馆里都是小声说话的，我很快就发现詹妮弗小声说话的时候声音太迷人了，她说话的尾音轻柔得就像茶壶里冒出的水蒸气一样。

我小声说："嘿！"

她也小声对我说："你带什么好吃的了吗？"

"没有。"我说道，"今天是超市大采购的日子。我家的食品柜已经空啦。"

她合上了地图册，盯着我看了好久好久，然后侧过

身，用低得几乎听不到的音量说:"我已经决定收你做我的徒弟了,女巫的徒弟。"

"我应该做什么呢?"我问。

"你只需要回答'愿意'还是'不愿意'。"我看起来一定有点儿手足无措。她没允许我继续浪费时间,而是温柔但快速地说:"如果你自己愿意成为一名女巫,那么让你做再多的事情你也不会觉得麻烦。如果你自己并不想当女巫,那么再少的事情也会嫌多。现在回答,'愿意'还是'不愿意'。"

我回答:"愿意。"

"那我们今天就开始。"她说完就从椅子上站了起来,把那些厚厚的地图册放回原来的架子上,然后推着小推车走向了出口的借阅处。小推车被七本又大又重的书堆满了,她把这些书递给了图书馆的管理员逐本登记。

管理员问詹妮弗:"上周借的你都读完了吗?"我想,詹妮弗应该是图书馆出了名的常客吧。

詹妮弗轻叹一声，答道："当然。"她拉着小推车的把手，拖着车出了门，下了几级台阶，来到大街上。这些台阶还挺陡，但是小推车砰砰地下台阶时，书竟然一本都没掉。

那个星期六，詹妮弗穿了件小裙子，就跟平时上学的时候一样。我后来发现她从不穿牛仔裤或者短裤，只穿那种普普通通的裙子。她那天的装扮只有一个地方有些不寻常，那就是她脖子上挂了一把巨大的钥匙，钥匙用一根溜溜球的旧绳子拴着。小推车因为堆满了书特别沉，她不得不把两只手背在身后一起用力，身体使劲前倾才能拉得动车。所以她的钥匙垂得特别低，时不时会碰到路面。

我们往赛默森公园的方向走去，一路上都没怎么说话。我没问詹妮弗住哪儿，也没问她有没有兄弟姐妹，爸爸在哪里工作。同样，她也没问我。我怀疑其实我的一切她都已经了如指掌了。我的情况不复杂，家里就我这么一个孩子。

Jennifer, Hecate, Macbeth, William McKinley, and me, Elizabeth

到了公园以后，我们向喷泉的方向走去。詹妮弗先喝了杯水，我没见过比詹妮弗还爱喝水的人。然后我们坐在了附近的一张长椅上。喷泉位于一片圆形的水泥场地中央，四个方向都有小路通向这里。这个圆形场地的直径大概有九英尺①。我很快发现，虽然詹妮弗很喜欢水，但是她对这个圆形水泥场地可比对喷泉感兴趣得多。

"现在，准备好了吗？"她说，"我们开始吧！"

本来我都准备好了，但看到詹妮弗这么认真，我又不太确定了。她一脸严肃，就像要给我打百白破疫苗的医生。一个女巫医生，我暗自想。当我回答她的时候，我试着让自己的语气能听起来既坚定又有一点儿不耐烦，就好像詹妮弗对图书馆管理员说话时那样。我说："当然！"然而，詹妮弗是无人可以模仿的，我的声音听起来更像是聒噪的伊丽莎白，而不是酷酷的詹妮弗。

詹妮弗从衣兜里掏出了一支粉笔，然后用这支粉笔

---

① 1英尺合0.304 8米。

沿着这片圆形的水泥场地的边缘画了一个大圆圈。她弯腰的时候,脖子上挂的大钥匙与水泥地面之间不时发出吱吱的摩擦声。我希望等我学会巫术以后,再听到这个声音就不会起一身鸡皮疙瘩了。画完整个大圆圈之后,詹妮弗又从衣兜里掏出一支蜡烛。她点燃蜡烛,先是在靠近喷泉底部的水泥地面上滴了几滴蜡油,然后把蜡烛固定在上面。她站在那儿,睁大了眼睛,仰起头望向广阔的天空,望了很久,然后她跨出圆圈,一直走到我的面前。

"看着我。"她说,"当我准备好了,就会指向你,你就走进这个魔力之圈。但是全程要保持安静。不许打喷嚏、打嗝儿或者大声喘气。而且,不许讲话。"

接着,詹妮弗走回圆圈接近正中央的位置,就差没到喷泉里站着了。她闭上眼睛,两手直直地垂在身体两侧,原地转了三圈,一边转,一边念道:

西卡西卡,贝萨贝萨;

西卡西卡,贝萨贝萨;

Jennifer, Hecate, Macbeth, William McKinley, and me, Elizabeth

西卡西卡，贝萨贝萨。

转到第三圈的时候，她的眼睛仍然是闭着的，但是她仍然准确地指向了我。我战战兢兢、颤颤巍巍地走进魔力之圈，当然，一声都没敢出。

詹妮弗从脖子上摘下大钥匙，攥着钥匙绳在头顶晃了三圈，然后放到了圆心附近的地面上。接着她又从兜里拿出一根大头针，先是刺破了自己的手指，然后也没问我愿不愿意，又刺破了我的手指。她紧紧地抓住我的手，把我俩的手一起放在了钥匙上。然后我们每人又从手指上挤出几滴血，滴在了钥匙上。詹妮弗捡起钥匙，向上面吐了一口口水，把它递给了我。我也如法炮制，往上面吐了一口口水。她又拿着钥匙在蜡烛上方烘烤，直到烤干了口水和血水。在烘烤的过程中，蜡烛发出了噼里啪啦的响声。当钥匙烘干以后，她把钥匙放回地面，吹熄了蜡烛。然后她用刚刺破的食指勾住了我刚刺破的食指，拉着我绕着钥匙走了三圈。接着她停下来，把钥匙捡了起来，拽着

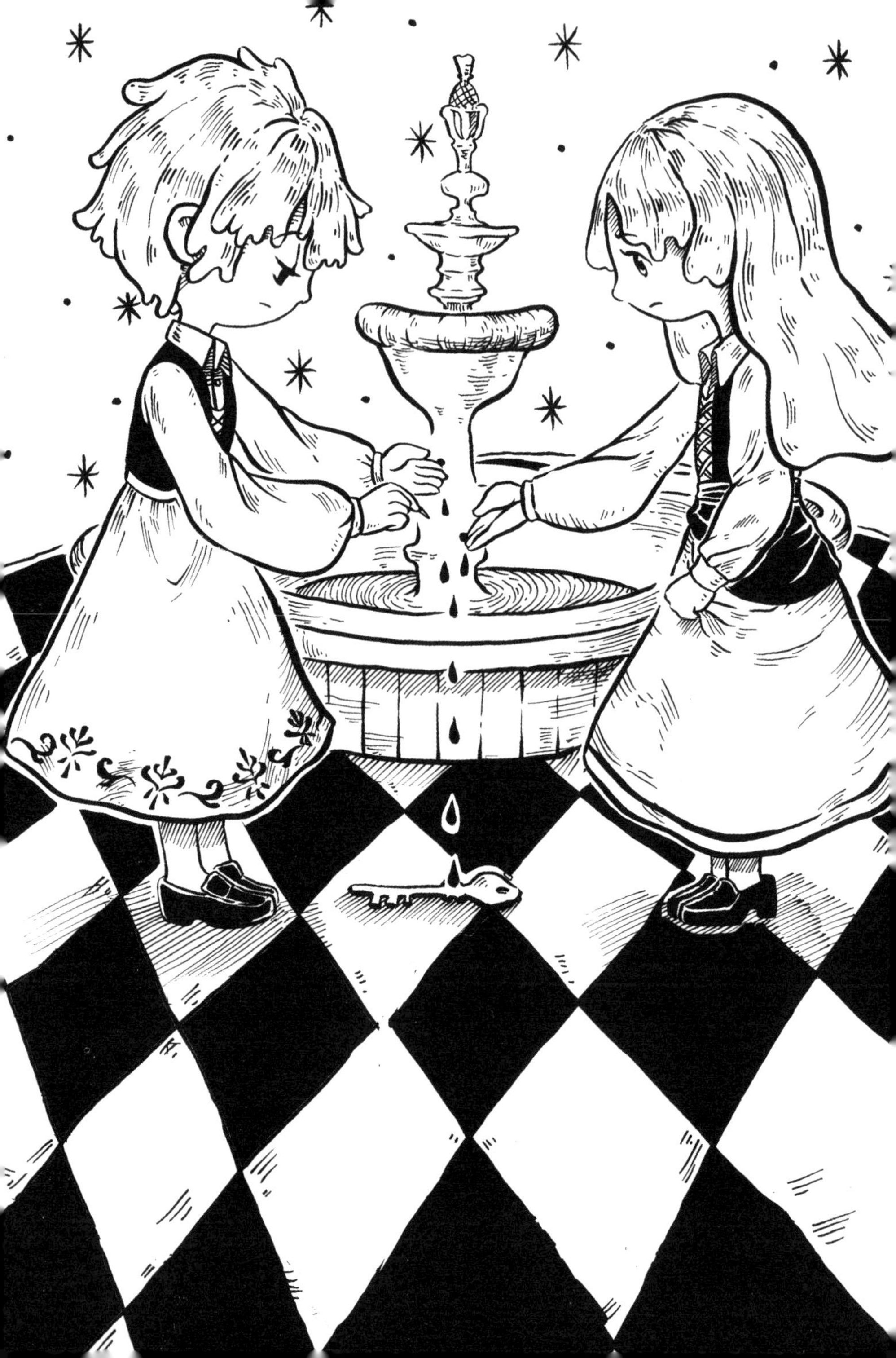

Jennifer, Hecate, Macbeth, William McKinley, and me, Elizabeth

拴钥匙的溜溜球绳,吟诵道:

  自此你我永不分,

  胸戴此钥护心门。

  詹妮弗把钥匙戴到了我的脖子上。溜溜球的绳子太长了,所以这把钥匙护的不是我的心门,而是我的膝盖。她直勾勾地盯着我的眼睛,伸出了刺破的食指,我也伸出了我的食指。我们勾着食指来回晃了三次,绕着魔力之圈又走了一遍。

  我沉浸在神圣的仪式中,以至于仪式结束了也不敢出声,怕打破了这种魔力。脖子上的大钥匙不时地敲打着我的膝盖。一直到我俩走出魔力之圈,重新坐回椅子上,我才敢开口:"你不觉得这绳子有点儿长吗?是不是因为我成了女巫的徒弟,所以心脏已经滑到膝盖了?"我为自己的小玩笑乐不可支,詹妮弗却一点儿笑容都没有。

  她说:"这根绳子是我从一个很高很高的女巫那里得到的。"

"我可以把它弄短点吗?"我问道。

她回答:"你可以给它打个结,但是不能剪短它。"

我立马把绳子打了个结,这样钥匙正好能垂到我的胸前。我的膝盖估计已经被钥匙敲打得又青又紫了。

詹妮弗接着说道:"成为女巫徒弟的第一个星期,你需要每天吃一个生鸡蛋,而且你每天需要给我带一个鸡蛋。我的鸡蛋要煮熟。你要读这本关于巫术的书,里面讲到了我的一些有名的亲戚。他们在马萨诸塞州一个叫塞勒姆的地方被绞死了。"

我说:"生鸡蛋吗?"

她说:"我就知道你会这么问。生鸡蛋。把给我的鸡蛋放在大树那儿。下周见吧。"

我和詹妮弗就这样共度了第一个周六。我们往不同的方向走去。我没走几步就回头看了看,结果连詹妮弗的影子都没瞧见,也没看到她的小推车。她和小推车仿佛一下子消失了。

Jennifer, Hecate,Macbeth,William McKinley,and me,Elizabeth

  回家的路上，我满脑子想的都是我的朋友詹妮弗，一个女巫！我也暗自高兴，我已经不是一个普通的小女孩了，而是女巫的徒弟了。我倒没觉得自己有什么不同，就是每当想到自己要吃生鸡蛋时就有点儿想吐。每天一个！一个星期！

第四章　争吵

接下来的一周,关于我给詹妮弗带熟鸡蛋这件事,还真有点儿蹊跷。与之相比,我每天怎么能设法吞下一个生鸡蛋,倒显得不足为奇了。每天早上,我都在上学的路上把鸡蛋放在大树那儿。有两个早晨,我出门太晚了,上学差点儿又迟到了。可是当我中午走路回家的时候,发现放在那里的鸡蛋已经被人取走了,而且放鸡蛋的地方还总是留着一张棕色的小纸条:

收到一(1)个鸡蛋。

Jennifer, Hecate,Macbeth,William McKinley,and me,Elizabeth

我真纳闷儿她是怎么做到既取走鸡蛋,上学还不迟到的。整整一周我都没见到詹妮弗的身影。

接下来说说我是怎么解决吞生鸡蛋的问题的:奶昔!这就是我的秘诀。妈妈一般很少做奶昔,因为我非常挑食。比如说,我从不吃任何放了番茄酱的食物,不吃面包皮,不吃任何放了蛋黄酱的东西。还有,我从不吃鸡蛋!从我很小很小还什么都不懂的时候,我就不吃鸡蛋。无论是荷包蛋还是煮鸡蛋,炒鸡蛋还是烤鸡蛋,只要是鸡蛋,我通通不吃。

但是那一周的每一天,我都跟妈妈要一杯奶昔。妈妈先是说"不行",接下来我就说,我希望她往奶昔里打一个鸡蛋。妈妈就开心地答应了。我就这样囫囵吞枣地喝了我的特制奶昔,很难察觉里面还放了个生鸡蛋。

我每天晚上都会给詹妮弗煮个鸡蛋,然后藏在我房间的内衣抽屉里,第二天早晨再拿出来带走。我读了《巫术魔法黑宝典》中的一些章节,但是没能读完,那可是一本厚厚的百科全书。我读到了关于马萨诸塞州塞勒姆那个地方的巫师案件。其中一个巫师是约翰·阿尔登上尉,他是乘"五月花"号到美洲的那个著名的约翰和普利西拉的儿子。还有些巫师是像詹妮弗和我这么大的小孩子,但是他们当中的一些人被送上了绞刑架。

天气越来越冷了,妈妈让我套上左一层右一层的衣服。妈妈怎么说,我就怎么做。比如妈妈说戴上耳套,我就戴上耳套;妈妈说穿上过膝袜,我就穿上过膝袜。现在每天上学放学的路都成了冒险之旅,所以为冒险之旅穿戴,也让我感到很兴奋。妈妈对我的变化有点儿惊讶,说我好像变成了另外一个孩子。当然,成为女巫的徒弟以后,我肯定脱胎换骨了。不过妈妈觉得我的变化可能是因为吃了鸡蛋。

周五的时候,我在大树那儿找到了两张纸条。一张是关于鸡蛋的,另一张关于在图书馆阅览室的下一次见面。从此以后,我们每周六上午十点钟都要在图书馆见面了,

Jennifer, Hecate, Macbeth, William McKinley, and me, Elizabeth

詹妮弗说的！我们每次都会借书回家看。我通常每周除了续借《巫术魔法黑宝典》外，还会再借一本别的书。詹妮弗每周都要借七本书。虽然詹妮弗从来不说"你好""再见""请""谢谢"这些词，我还是能看出来图书馆的管理员很喜欢她，管理员们都喜欢好读者吧，詹妮弗就是其中之一。实际上，詹妮弗不仅是个好读者，还是个很认真的读者呢。

从借阅处出来，我们会把借来的书一股脑儿放进詹妮弗的小推车里。我俩会一起拖着小推车去赛默森公园的魔力之圈。她通常都把小车停在圈外的那把长椅那儿。然后詹妮弗和我就会勾起食指，一言不发地绕上三圈：第一圈，慢速；第二圈，中速；第三圈，快速。接下来我们会聊天儿，我们会谈到殖民时期的那些女巫和下令绞死女巫的科顿·马瑟；谈到那些能吃掉昆虫的植物；谈到那个割掉自己耳朵的大画家凡·高；谈到法国的断头台；谈到船只遭遇海难后人们如何在没有水的小岛上求生；谈到虱

子和老鼠引发的黑死病,以及其他五花八门的事情。

每周我都要吃一种特殊食物,再给詹妮弗带一种食物放在大树下。我给詹妮弗带的食物跟我自己吃的食物不完全一样。作为女巫的徒弟,我的食谱比詹妮弗的食谱严格得多。有一个星期,我必须每天喝一杯黑咖啡,詹妮弗说我带咖啡容易洒,于是就换成了给她带咖啡蛋糕。其他我尝试过的需要坚持吃一周的食物包括:

四分之一杯没煮熟的生燕麦;詹妮弗吃的是四分之一杯糖霜麦片。

一个生热狗,詹妮弗吃的也是一个生热狗。

妈妈有时会对我这些奇怪的饮食习惯感到不耐烦。她不明白为什么我每天午饭都要吃热狗,还是生的。但是我一向挑食,而且我是独生女,还是个麻烦精,所以她也只能接受了。

很快就要到感恩节了。周六,詹妮弗突然决定要制作神奇药膏。一共有三种药膏:飞行药膏、动物变身药膏、杀

人药膏。

"我们不杀人好吗?"我说。

"好吧!"詹妮弗回答。

"我们制作那种能把自己变成动物的药膏吧。"我说,"我想变成一头长颈鹿。这样我就会变成大高个儿,还会有一双迷人的棕色眼睛。"

"它们发不出声音,因为它们没有用来发声的声带[①]。"詹妮弗说,"我要变就变成很吵的动物,或者是跑得很快的动物。我想当黑豹,它们跑得快极了。"

"可是全美国的黑豹和长颈鹿都生活在动物园里呀,我们会被关进笼子的!你不觉得我们应该当那种自由的动物吗?"

詹妮弗想了一分钟,然后说:"那我就当美洲狮吧。"

"那是什么?"我问。

"一种西部的大野猫。"

[①]实际上,长颈鹿不仅有声带,而且能发声。

我也想了一分钟,然后说:"那我要当法国狮子狗。它们可聪明了,而且我一直希望头发能卷卷的。"

詹妮弗盯着我,神色严厉:"如果我变成野猫,你变成狮子狗,那我们肯定天天进行猫狗大战,不得安宁了。"

"好吧,那你换一种动物吧。"我说。

她回答:"我先说我要变成美洲狮,你才说你要变成狮子狗的。"

"但是我先说的你要换一种的呀。"见詹妮弗不说话,我等了一会儿,又说,"而且,先说不能证明你就是对的那个呀。"詹妮弗还是不说话。我又继续说:"人们以前认为大地是平的,但是这种先提出的观点并不对,所以你说的也不一定就对。"詹妮弗继续沉默,我继续等待。

她直直地看着前方,过了好久,她终于说话了:"美洲狮。"

我说:"狮子狗。"

"美洲狮。"

Jennifer, Hecate, Macbeth, William McKinley, and me, Elizabeth

"狮子狗。"

接着她又沉默了,于是我也保持沉默。她不再跟我争论,而是读起了那本黑宝典。我们现在还只是想想要变成美洲狮和狮子狗,就已经吵得不可开交了。设想一下,如果我们真的变身成功,我们得吵成什么样?我都打算妥协说我要变成暹罗猫了,刚要开口,詹妮弗把黑宝典放下,抬起头说:"其实我们根本无法选择变成什么动物。就假设我们都会变成蚊子好了。"

"我知道变成蚊子以后我要先叮谁。"我边说边望着她。

詹妮弗并没注意到我的目光,她还在研究那本黑宝典:"我们很容易被杀虫剂和苍蝇拍干掉。我们还是制作飞行药膏吧。"

"没问题。"我说。我们翻到书中讲怎么制作药膏的那一章,可是书中并没有列出确切的制作配方。于是詹妮弗给我布置了一项新的任务,那就是仔细阅读黑宝典,把所

有制作飞行药膏时可能用到的材料写下来,列个清单。詹妮弗说她负责找到把药膏涂到身上时需要念的咒语。

"你在哪儿能找到这种咒语呢?"我问。詹妮弗一言不发,只是耸耸肩,开始望天。我有点儿受不了了。有时候,詹妮弗真的让我很生气,我甚至偶尔会不想当她的徒弟了,但是我又有点儿担心她会收别的徒弟。所以,当我像现在这样生她气的时候,我就对自己说"她以为她是谁呀",接着又自问自答,"她是詹妮弗呀"。

在认识詹妮弗之前,我没有朋友。唯一可以说话的人是我们公寓楼的管理员托尼。他就是那种非常普通的人,每次一开口都会先谈论一番天气:"今天真冷。""又凉啦。""今儿挺热呀。"接着他会聊起他的工作:"那些穿靴子的臭小子把这个地方踩得太脏啦。"跟他聊了几回天,我就对他的事情一清二楚了。比如他有几个孩子呀,哪个孩子最听话呀,等等。搬到公寓楼的第一个月,我就知道他的所有事了。只要我显得彬彬有礼,他就有问必答。想

Jennifer, Hecate, Macbeth, William McKinley, and me, Elizabeth

象一下,詹妮弗如果能像他一样该多好!

每次我问她问题,我都能被气得脸色发青(青色是比蓝色更深的颜色),即便如此,她也不会回答我。我知道她一贯这样,所以这次我也不再刨根问底了。

不管怎么说,她选了我当她的徒弟,就说明我具备成为一个好女巫的所有天赋,这一定是她选择我的原因。而且我知道她本人就是个好女巫。你了解一个人,只了解她最重要的一面就够了,其他方面其实无关紧要,比如她晚饭以后刷不刷盘子,她住在什么样的房子里。就算我发现詹妮弗的其他方面都很普通,像托尼一样住着普通的房子,做着平常人也会做的家务,我也明白那不过是她的伪装而已。

所以,我就算生她的气,也不会生很久。每次我都觉得我再也吃不下那些徒弟要吃的食物了,但我最终还是吃下去了。我想当一名女巫的愿望太强烈了,所以我什么都能吃下去。关于她身上众多的未解之谜,我也不打算问个究竟了。但是一切都值得,成为一名女巫的梦想让一切都值得。如果能飞,那该有多么美妙呀!

接下来的一周,詹妮弗说我每天要吃一头生洋葱,而我需要给她带一根生胡萝卜——削好皮,撒点盐,还要用保鲜膜包好。

Jennifer, Hecate, Macbeth, William McKinley, and me, Elizabeth

第五章　圣诞演出

感恩节刚过,整个学校就开始为圣诞节和圣诞节的戏剧表演做准备了,尤其是我们年级的学生。我所在的威廉迈凯立小学,五年级有三个班,一共有大约六十人。所有五年级的学生会一起排一出戏。这出戏要演两场,一场给全校的学生看,一场给家长看。其他年级的学生只负责唱歌或者诗朗诵。

感恩节过后的第一个周一的下午,五年级的全体同学在礼堂集合了。每个班的老师已经在上午给全班同学朗读了剧本。施托伊太太是总导演,她还负责分配角色,同时也是这出戏的编剧。为了让六十个学生都能上场表演,剧本被编写得很长很长。故事大概是这样的:

很久很久以前,有一个国王(当然了)。他有一个美丽的女儿(当然了)。他非常非常爱他的女儿(当然了)。但这位公主总是很不快乐,没人知道为什么。国王为了让女儿快乐起来,就问她圣诞节想得到什么礼物。公主说不知道(当然了)。于是国王去了圣诞老人那里,问圣诞老人什么礼物才能让他那美丽却不快乐的女儿开心。圣诞老人那儿有很多快乐的小精灵,他们都疯狂地爱着公主。他们锤锤打打,拉动锯子,忙个不停,做出了许多木偶。圣诞老人想把它们献给公主,但是国王认为这些东西并不会让公主开心,于是他摇摇头离开了那里。

国王去了王后的宫殿,他问王后什么礼物才能让他们那美丽却不快乐的女儿开心。王后的宫殿里有很多美丽的宫女,她们都疯狂地爱着公主。她们载歌载舞,跳个

不停。王后想把漂亮的衣服和美丽的宫女送给公主,但是国王认为这些东西并不会让公主开心,于是他摇摇头离开了那里。

然后国王去了厨房,他问大厨什么礼物才能让他那美丽却不快乐的女儿开心。厨房里有很多助手,他们都疯狂地爱着公主。他们挥动锅铲,忙个不停。大厨想把所有美味献给公主,但是国王认为这些东西并不会让公主开心,于是他摇摇头离开了那里。

国王回到了自己的王宫,他坐下来想啊想啊,觉得自己遇到了一个真正的难题。这时,一个负责打扫卫生的老婆婆走了进来,她干着活儿,看起来却非常快乐,所以国王认为她一定知道公主不快乐的原因。他问老婆婆什么礼物才能让他那美丽却不快乐的女儿开心,老婆婆告诉国王他应该送给公主一只小狗,因为快乐的秘诀在于,得到别人关爱的同时,学会给予别人爱和关心,这也正是圣诞节的意义所在。国王觉得这真是个好主意,于是他送给他那美丽却不快乐的女儿一只小狗(当然了)。她开心地笑了(当然了)。最后全剧终(终于结束了)。

猜猜谁扮演美丽的公主呢?辛西娅(当然了)。猜猜谁扮演小狗呢?全年级最矮小的孩子——我(当然了)!詹妮弗扮演的是一名宫女。我不知道她到底喜不喜欢扮演宫女,因为施托伊太太选角色的时候,她一直在望天。学校里没有人知道詹妮弗和我已经"歃血为盟",没有人知道我们是师徒关系,甚至没有人知道我们认识。巫术是非常隐秘的事情,我们必须保密。

还记得那个星期我要吃的特殊食谱是每天一头生洋葱吗?这对我来讲不成问题,因为我喜欢洋葱三明治。甚至在成为女巫的徒弟之前,作为一个普通的、挑食的孩子,我就很喜欢吃洋葱三明治。以下是我的独家食谱:把面包片烤好,涂上黄油;洋葱切片,撒点盐,放在涂好黄油的烤面包片上;上面再盖上一片不涂黄油的面包,但是要事先切掉硬硬的面包皮(当然了),接下来就可以享用美

味啦。太好吃了!周日的时候,我向妈妈宣布,接下来的一个星期,我每天中午都要吃一个洋葱三明治。

"每天?"妈妈问。

"是的,每天。"我回答道。

"上周吃热狗,这周又吃洋葱。肯定有什么特殊的原因吧?"妈妈问。

"是呀——"我拖着长音,想赶紧找个借口。

"说吧,什么原因?"妈妈说。我能感觉到她已经很不耐烦了,因为她声音低沉,故意装出有耐心的样子。爸爸也在家呢。每当爸爸在家的时候,妈妈发火前说话就是这个语气。

我急中生智:"我在做一个实验,看看如果我在冬天到来之前,坚持吃一个星期的生洋葱,能不能一整年都不得感冒!"

"好吧。"妈妈说,"先别说一年,起码你这个星期不会感冒,因为没人受得了你满嘴的洋葱味,肯定都躲你躲得远远的。你一定染不上感冒病毒。"她仍然语速缓慢,声音低沉。

"求求你了,让我试试吧。"我说。

"谢天谢地你还不知道什么是阿魏胶①。"她说。

"什么是阿魏胶?"我问。

"你永远也别想知道。"妈妈说。

我相信,如果你喜欢洋葱,就一定会爱上它。好人都爱洋葱。如果你爱上洋葱,你就会发现人们嘴里的洋葱味其实很好闻。

圣诞戏剧的第一次完整的不带妆彩排安排在了周五的下午。那是一次漫长的彩排。除了施托伊太太,其他老师都中途去喝咖啡了。所有人都忘词,所有人都站错了位置。施托伊太太不时地跳上舞台,指挥演员挪来挪去。她用粉笔在舞台上标出站位,第一次彩排结束以后,舞台的地板已经被画得乱七八糟,就像哈森小姐在数学课上讲

---

①阿魏胶,一种用来制作镇静剂或祛痰剂的树脂。

Jennifer, Hecate, Macbeth, William McKinley, and me, Elizabeth

长除法时的黑板。施托伊太太是我见过的最高的女人了,大家都叫她"擎天柱"。

等到戏剧快结束时我才登场。国王把我(小狗)带到辛西娅(公主)的面前。我一句台词都不用背。我只需要穿上一件旧旧的小狗道具服,然后手脚并用地爬来爬去,再汪汪地叫上几声。当国王把我(小狗)送给辛西娅(公主)的时候,施托伊太太说,我应该后脚着地,然后把我的手(爪子)搭在辛西娅的膝盖上,望着她的脸,伸出舌头,哈哈喘气。"喘得兴奋一些!"施托伊太太说。"四处撒撒欢儿!"施托伊太太又说。我觉得她就差让我摇尾巴了。辛西娅(公主)这时候应该用她的头紧紧地靠着我的头,开心地笑。最后,所有人——圣诞老人那儿、王后那儿、厨房那儿的所有演员——都要一股脑儿拥上台,唱唱跳跳,直到谢幕。

尽管这次彩排大家不用穿演出服,我还是被施托伊太太要求穿上小狗道具服,以习惯四脚着地地走路。道具服是用毛茸茸的黑色腈纶布料做的,又厚、又重、又闷热,里面更是难闻得像个胶水工厂。在我登台前,舞台上要先彩排"圣诞老人""王后"和"大厨"三幕戏。等待太漫长了,我在道具服里已经酷热难耐,感觉马上就要自燃了。我唯一能做的就是拉开狗头部分的拉链,然后把狗头像套头衫的帽子一样甩到脑后去,这样才能透口气。反正这只是不带妆彩排,其他人都不穿演出服,我觉得戴不戴狗头没什么差别。

辛西娅几乎整出戏都在台上。剧中,国王不时地要去看看公主是否笑了。可辛西娅基本上整场都在笑呀。她本来应该是个不快乐的公主,却从头笑到尾。当然,她倒是没有笑出声,就是一直微笑,像蒙娜丽莎那样。施托伊太太说"要露出不快乐的表情",辛西娅就皱起眉头,但不一会儿,笑容又会偷偷地浮现在她的脸上。当国王把我带上台的时候,她就正咧嘴笑呢。

国王宣布:"公主,今天是圣诞节。你上一次笑,还是

Jennifer, Hecate, Macbeth, William McKinley, and me, Elizabeth

去年圣诞节的时候……这是送给你的圣诞礼物。这只小狗带着我们的爱,也希望你能好好爱它。"接着,国王把我(小狗)送到公主面前。我把手(爪子)搭到她的膝盖上,伸出舌头,哈哈喘气。辛西娅刚才一直在不该笑的时候微笑,现在终于到她大笑的时候了。施托伊太太要求她要笑得让最后一排的观众也能看到。辛西娅深深地吸了一口气,然后把她的头靠向我的头,可是她既没有呼气也没有大笑,而是突然屏住呼吸,然后像是被寒冷的北风呼呼地刮到脸上一样,她用手紧紧地捂住鼻子和嘴巴,飞一样地跑下了舞台。施托伊太太追了过去。我不知道她们在台下都谈了些什么,反正施托伊太太回来后闻了闻我,然后"请"我把道具服带回家,"请"我让妈妈给好好洗洗,"请"我以后表演前不要再吃生洋葱了。那天是周五,是我的"洋葱食谱周"的最后一天,所以我愉快地接受了她的"请求"。

詹妮弗当时就在台下,我从她身边经过的时候,她脸

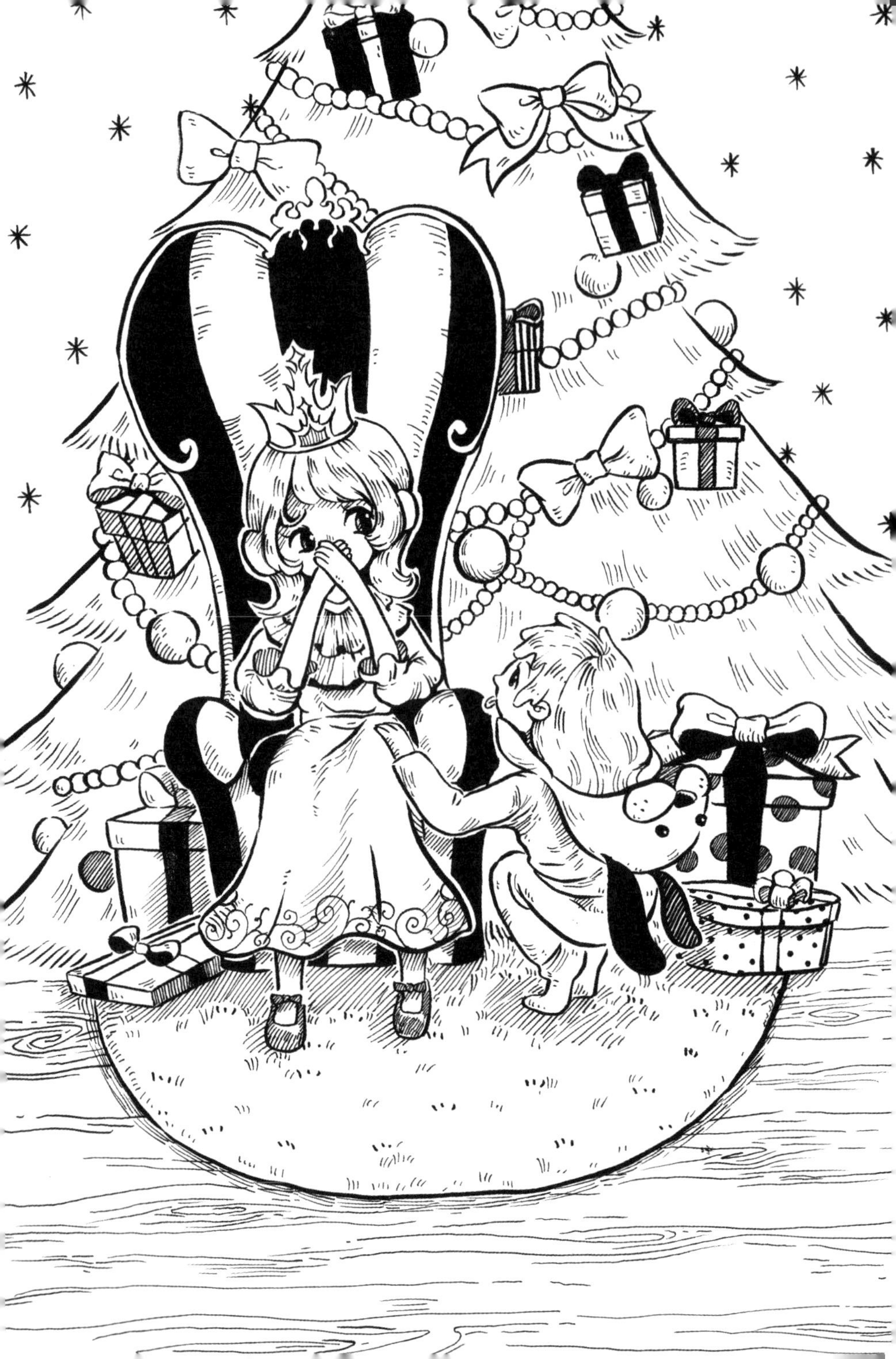

Jennifer, Hecate, Macbeth, William McKinley, and me, Elizabeth

上也露出了蒙娜丽莎般的微笑，她向我眨了眨眼睛。当然,除了我以外,谁也没发现。

那段时间,我们所有体育课、音乐课和艺术课都用来准备表演了,只不过上艺术课的时候不用彩排,因为我们主要是在艺术教室给布景刷油漆,还要用硬纸板做王冠(在纸板上粘上一层锡箔纸,再撒些亮闪闪的金粉)。"厨房"那幕布景,我们用大硬纸盒做了一个炉子,还把它刷成了黑色。从观众席上看,这个炉子很逼真,如果坐在最后一排看,那就更逼真啦！施托伊太太让我们每个人都要从家里带一样厨具,饼干烤盘呀、平底锅呀、水壶呀、搅拌勺呀等等。我们还要在带过来的厨具上写上名字,以便演出完能带回家。我带了两个烤纸杯蛋糕用的烘烤盘,然后在每个小蛋糕槽的内侧写上了我名字中的一个字母。

我希望所有观众,甚至最后一排的观众都能看到我带的道具和我的名字。然而施托伊太太"请"我把字母擦掉,"请"我把自己的名字粘在烘烤盘的底部,而且名字必须写得很小。她说:"在剧院里,不是一个人的名字写得最大,就能成为主角。一个人要靠实力和努力赢得主角的位置。"大家都知道,每当施托伊太太训人的时候,她就喜欢用"一个人"这样的字眼,而不是直接叫这个人的名字。

辛西娅带的是她妈妈的电动搅拌机,她大概是全美国唯一能把电动搅拌机带到学校的孩子了吧。施托伊太太跟辛西娅说,她妈妈能允许她这么做,真是慷慨极了;辛西娅能把这么重的东西从家一直搬到学校,也太不容易了。我知道辛西娅的妈妈那天是开车把她和搅拌机送到学校的,但是辛西娅只字未提,这也足以证明辛西娅是个两面派了。施托伊太太夸辛西娅的时候,并没有考虑这个电动搅拌机是否能用得上,因为故事发生的那个年代,不可能用什么电动搅拌机呀。等老师想明白,告诉辛西娅的时候,辛西娅倒是没有任何不高兴,她只是惋惜地叹了叹气,然后说,虽然很重,她也会咬牙把搅拌机再运回家的。

Jennifer, Hecate, Macbeth, William McKinley, and me, Elizabeth

詹妮弗带来的厨具也引起了小小的轰动。她带来了一口巨大的、黑色的、三条腿的锅。这锅太大了,能装好多好多水,小孩子甚至都能在里面游泳了。詹妮弗根本不用在这口锅上贴名字,因为它太好认了。大概除了博物馆,在其他地方很难见到这种大锅了。不过只有我知道,这是我们制作飞行药膏会用到的锅。

施托伊太太乐得快合不拢嘴了。她两手叉腰,两个胳膊肘儿冲着外面,两只脚也冲着外面,看起来像是一颗又高又大的五角星。她激动地喊道:"哦,我的天哪,詹妮,一个创举!举世无双!竟然是个三足鼎!"

詹妮弗最讨厌别人叫她"詹妮"了,而施托伊太太刚刚就叫她詹妮,这可把她惹毛了。

詹妮弗抬起头,盯着"擎天柱"说:"您刚才说的正好是'一、二、三',不是吗?"

高个子施托伊太太低头看着小小的詹妮弗,说:"你说的是什么意思,詹妮弗?"

詹妮弗答道:"'一'个创举,举世无'双','三'足鼎!这不正好凑成了'一、二、三'吗?"说话的时候,詹妮弗表情很严肃,一点儿笑容也没有。

施托伊太太说:"我不知道你这么聪明!"边说边呵呵地笑了起来。我能看出来,詹妮弗并不希望施托伊太太这么开心,她希望施托伊太太知道,自己非常不高兴,因为她被称为詹妮,而不是全名詹妮弗!

每个人都为詹妮弗的聪明机智而惊讶。因为无论是在班里还是在彩排的时候,她都很沉默。她也从不跟我说话,除了偶尔会传给我一张小纸条。我现在倒是有点儿担心大家都发现詹妮弗聪明了,我希望只有我一个人知道这一点。虽然有时我也希望大家可以在无意间发现我和詹妮弗之间的小秘密,但是我绝对不想跟整个五年级一起分享我的詹妮弗!还好,威廉迈凯立小学的孩子不久就忘了这件事。施托伊太太围着锅转了几圈,一副非常满意的样子。她笑着看向詹妮弗,问道:"对了,詹妮,你是怎么

Jennifer, Hecate, Macbeth, William McKinley, and me, Elizabeth

把锅运到学校的呢？"她对詹妮弗的愤怒毫无察觉，还自我感觉良好呢。

詹妮弗假装没听到，她正忙着摇晃一罐喷漆，把里面的小滚珠晃得咯嗒咯嗒作响。施托伊太太又喊道："詹妮！嘿！詹妮！"某人还是装作没听见。"詹妮！喂！詹妮！"某人依然没听见。施托伊太太只好走到詹妮弗身边，说："詹妮！喂，詹妮弗！"听到"詹妮弗"三个字，某人终于抬头了。

"怎么了？"詹妮弗问道。

"我在纳闷儿，你是怎么把这么重的锅运到学校来的？"施托伊太太问。

"用我的小推车运来的。"詹妮弗答道。

"你的小推车就停在学校吗？"施托伊太太接着问道。

"是呀。"詹妮弗说。

"那你可以把你的小推车借给辛西娅，让她把搅拌机运回家吗？"

詹妮弗问:"您的意思是,把搅拌机放在我的小推车里?"

施托伊太太说:"没错,就是这个意思。"这话听起来有点儿挖苦的味道。

詹妮弗回答:"嗯,好,我愿意。"

施托伊太太说:"那就谢谢你了。"她对詹妮弗笑了一下,转身准备离开。

这时,詹妮弗说道:"您觉得我应该把小推车拴在保险杠上吗?"

施托伊太太回头问道:"保险杠?什么保险杠?"

詹妮弗答道:"她家汽车的保险杠啊。"

施托伊太太看起来十分困惑,她问:"为什么那么做?"

詹妮弗一脸无辜地回答道:"因为辛西娅是用她家的汽车把搅拌机运到学校的呀,所以我觉得她应该也会用汽车再运回去吧。"

Jennifer, Hecate, Macbeth, William McKinley, and me, Elizabeth

施托伊太太看了看詹妮弗，又看了看辛西娅，很明显，詹妮弗的话一下子就戳穿了辛西娅的谎言。施托伊太太来回看了看这两个人，两只手在头上挥舞着，最后什么也没说，转身气冲冲地离开了教室。辛西娅恶狠狠地瞪了詹妮弗一眼，而詹妮弗毫不在意，继续晃着喷漆罐，眼睛则望着天花板。

我暗自想：天哪，詹妮弗，你可太强大了，你有钢铁般的意志，女巫般的才智！

过了一会儿，趁人不注意，詹妮弗给我塞了一张小纸条。我当时正在给一个烤箱门刷漆，打开纸条，发现上面只写了一个字：

哼！

我明白詹妮弗的意思，于是把头埋进烤箱，笑个不停。

两场演出结束了，时间似乎过得特别快。就好比你站在炉子边，花了一整天熬了一锅特别美味的汤，放了上百种秘制调料，搅呀搅呀，端上来以后，大家却狼吞虎咽地在五分钟之内就喝进了肚子。

给全校同学表演的那场不如给家长的那场演得成功，因为礼堂里太亮了，而且有些幼儿园的小孩子或者一年级的学生看到自己的哥哥姐姐站在舞台上，总是忍不住大喊大叫："嘿！约翰！""哈啰！姐姐！"台上的理查德居然还向台下喊话，他演的是厨房里的一名厨师。他当时正站在舞台上，挥动着手里的一个大木勺，冲坐在观众席的弟弟喊道："妈妈告诉过你不许喊我啦！"演出结束后，施托伊太太对着我们所有人训话，她说在舞台上，一个人从来不会向观众流露出个人感情，一个人要把舞台当作全世界，完全地投入进去，她又说了好多"一个人""剧院里"之类的话，但是理查德就一直坐在那儿咬指甲，完全不知道老师口中的"一个人"说的就是他。

晚上给家长的演出就很成功，幸好理查德的小弟弟

Jennifer, Hecate, Macbeth, William McKinley, and me, Elizabeth

待在家里没有来。我看到了坐在观众席上的詹妮弗的妈妈,她穿着黑衣服,看起来很普通。我想,她应该不是个女巫吧。

也许巫术就像蓝眼睛一样,是隔代遗传的。比如我棕眼睛的叔叔娶了一个棕眼睛的婶婶,却生出来蓝眼睛的女儿艾玛。也许一个普通的妈妈和一个普通的爸爸也能生出詹妮弗这样的女巫女儿吧。当然了,我没见过詹妮弗的爸爸,因为爸爸们几乎从不参加家长会,没准儿詹妮弗遗传了爸爸的基因呢!也许她爸爸是名巫师!

第六章　老两口儿

搬到新公寓后的第一个圣诞节到来了。总体来说,无聊透顶。没有壁炉,没有烟囱,却有一大堆来访的亲戚,有些亲戚还特别喜欢掐我。他们喜欢先掐掐我的脸蛋儿,然后抱抱我,再亲亲我,还问我:"你就不想亲亲贝齐姑姑吗?你记不记得你小时候不会说'贝特丽丝姑姑',就叫'贝齐姑姑'?"就因为我长得矮,他们总把我当成小孩子。他们根本不知道,虽然我的个头儿跟年龄有些不相称,可智商没落下呀。亲戚们抱我的时候,我一般就站在那儿一

Jennifer, Hecate, Macbeth, William McKinley, and me, Elizabeth

动不动地任他们抱，但是一旦他们想掐我的脸蛋儿，我一般都能设法躲避：他们一抬起手，我就把腮帮子鼓得圆圆的，这样他们的手指就掐不住啦。

詹妮弗和我仍然在每个周六碰面。每次我们都去魔力之圈。无论下雨还是下雪，无论地上有多泥泞，詹妮弗都风雨无阻地拉着她的小推车。我们的话题已经不局限于巫术了，詹妮弗懂得实在太多了，因为她是名女巫，而且还饱读诗书。比如，有那么一周，我要遵守的徒弟食谱是每天吃五根没煮过的意大利面，她就告诉我据说意大利面起源于中国，后来被马可·波罗带回了意大利，竟然大受欢迎。她还给我讲了意大利面的制作过程，甚至还知道在纽约的股票交易市场买最著名的几家生产意大利面的公司的股票要花多少钱。

我们打算正式动手制作飞行药膏了。有些配料需要花很长时间去搜集，所以詹妮弗认为我们必须马上开始。比如说，她说我们一共需要两勺剪下来的指甲，我们俩每人得准备一勺。想装满一勺,需要好多指甲呢,我必须改掉啃指甲的毛病了。妈妈发现以后,开心得简直成了全美国最快乐的女人。我觉得脚指甲跟手指甲差不多,所以我决定把每次剪下来的脚指甲也存起来,和手指甲一起放入一个旧的小药盒,连同大钥匙和詹妮弗写给我的那些小纸条,一起存放在我的内衣抽屉里。只有到了周六,我才会把大钥匙拿出来戴上。

詹妮弗说圣诞节期间对女巫来说比较危险,因为每个人看起来都快乐友善,所以我们就要加倍小心。她说这周我们不用吃一种特殊食品,而是要放弃一种特殊食品。原本就不爱吃的食品不能算,必须是特别爱吃的那种。我思考了好久,到底是放弃吃糖果还是放弃吃蛋糕。我更爱吃糖果,我决定要做到百分之百地诚实,于是我对詹妮弗说:"我决定放弃糖果。"

詹妮弗说:"我决定放弃西瓜。"

"放弃多久?"我问道。

Jennifer, Hecate, Macbeth, William McKinley, and me, Elizabeth

"一直到新年,1月1号19点,就是晚上7点。"她回答。

"我知道什么是19点,詹妮弗。"我说道。

"那你同意吗?"她问道。

"我也知道新年就是1月1号,詹妮弗。"詹妮弗总是把同样的意思说两遍,比如"新年"和"1月1号","19点"和"晚上7点"。我对此有点儿不耐烦,但詹妮弗似乎并不在意。

"那你同意吗?"她问道。

"同意。"我回答。

然后我们就勾起了手指,又围着魔力之圈走了一圈。詹妮弗说我们这次必须念那种很厉害的咒语才行。我们必须面朝圆心走,脚后跟踩着圆圈的边缘,有点儿像妈妈做派的时候,用叉子沿着锅边压硬皮一样。而且绕圈时,我们的双脚要始终朝向圆心。

我们开始绕圈,脚尖一直朝着圆心,詹妮弗反复念着

咒语：

赫卡忒，赫卡忒，多克，

绕着圆圈走多快乐。

一小时内糖就酸了，

西瓜变成磐石把牙硌。

然后她小心翼翼地走出魔力之圈，示意我也这样做，于是我也走了出来；她坐在附近的长椅上，脱下了靴子，示意我也这样做，于是我也坐下脱了靴子；她脱下鞋袜，把袜子放到了鞋里，鞋子又放到了靴子里，然后站了起来，示意我也这样做，于是我也这样做了；她开始光脚绕着魔力之圈走，并示意我也这样做，但是我没做，因为脚太冷啦！但她转过身，继续示意我照做，还目不转睛地盯着我，我只好照做了。

我们再一次绕着魔力之圈转圈，而且要确保必须踩上第一次绕圈时留下的脚印。我们一边走，一边一起念着咒语：

Jennifer, Hecate, Macbeth, William McKinley, and me, Elizabeth

赫卡忒,赫卡忒,多克,

绕着圆圈走多快乐。

一小时内糖就酸了,

西瓜变成磐石把牙硌。

接下来我们小心翼翼地离开圆圈,确保不能留下新的脚印。詹妮弗是走出来的,我是跑出来的,我的脚已经冻得没有知觉了。我们用袜子擦干了脚,然后光脚穿上了鞋子,又套上了靴子,我把袜子塞进夹克的口袋里,詹妮弗把她的袜子扔进了小推车。我们走回魔力之圈跟前,欣赏着我们在雪地上留下的美丽图案,此刻,这个魔力之圈显得更加魔力十足了。

詹妮弗蹲下身,从两个脚印里挖出来一些雪。因为被踩过,所以雪有一些脏。她团了两个雪球,递给我一个。

"做飞行药膏的时候会用上的。"她说道,"把这个放到你家冰箱的冷冻室里。"

詹妮弗把她的雪球扔进了小推车,我用手捧着我的雪球,因为忘记戴手套,所以我的手和脚都已经冻僵了。我把袜子从口袋里拿出来,套在了手上,感觉好像有点儿用。

詹妮弗接着说:"新年晚上七点,你会看到大树上钉着一张小纸条。好好读,然后照做。在此之前,不许吃禁食。纸条上会写明我们下次见面的时间。"

"'禁食'?"我问道。

"禁止吃的食物。"詹妮弗说。

说完,詹妮弗就抬起头,眼睛望着天空,头也不回地往家走了。我甚至都不敢跟她说一句圣诞快乐,怕她觉得那样做很不符合女巫的身份。

我快步走回家,一路上,我想我也很喜欢吃西瓜呀,我如果选择不吃西瓜而不是糖果就好了。一直快到家门口,我才突然反应过来,我还从来没听说过任何人在圣诞节吃西瓜呢。也许新西兰人或者澳大利亚人会在圣诞节吃吧,因为他们生活在赤道以南,那边的一切都和这里相

反。可是在美国,我绝对没听说过谁在圣诞节吃西瓜!

圣诞节那周,有两位客人住在我家:德希拉姑姑和弗兰克姑父。他们其实是爸爸的姑姑和姑父,我应该叫他们奶奶和爷爷。他们加起来都有一百三十三岁了,但是他们一直没要孩子,他们觉得孩子不过是会说话的宠物而已。我从不敢坐在他们附近,因为如果坐在他们身边,他们会一直摸我的头,拍我的胳膊,尤其喜欢掐我的脸蛋儿。他们总是笑着跟我说:"我们的小莉兹①想不想来个冰激凌啊?"他们说的话都是问句。他们会把"早上好"说成"这难道不是一个美好的早上吗"。他们还会说这样的话:"天哪,这个小姑娘不是很酷吗?"此外,他们的饮食习惯是我见过的人里面最特别的。

他们对吃的总是很挑剔,只吃据说是从曼哈顿一家非常特殊的食品店买来的健康食品。他们每次到我家住

---

① "莉兹"(Lizzie)是"伊丽莎白"(Elizabeth)的爱称。

都会带一大箱子的健康食品,里面包括什么"狮子奶"、各种植物种子、几种蜂蜜、德国泡菜汁,还有芹菜糖浆等奇奇怪怪的饮料。妈妈每次都先把我们的晚餐端上桌子,再把那些奇怪的种子也摆上桌子,给两位奇怪的老人享用。你不难想象,他们刚来我家的时候,爸爸帮他们把大箱子搬进门,当时妈妈脸上的表情别提多精彩了。等到老两口儿进卧室整理行李的时候,妈妈走过来,弯下腰,用极低的声音一字一顿地跟我说:"如果你这周还敢要一样疯狂食品,我就搬到酒店去住,国庆日之前都别想再见到我了!"

所以,当詹妮弗这周只是禁止我吃一样东西时,我如释重负,因为我不用麻烦妈妈再准备什么疯狂食品了。

我进门的时候,手上还戴着袜子,脏兮兮的雪球不停地往地毯上滴水。我想把雪球放进冰箱的冷冻室,突然被老两口儿发现了。德希拉奶奶从沙发上站起来,说:"我们

的小宝贝，你在干什么呢？"

我知道我还有时间去想出个答案，因为每次德希拉奶奶说一句话，弗兰克爷爷都会重复一遍。德希拉奶奶也一样，不管弗兰克爷爷说什么，她都要重复一遍。

果然不出所料，弗兰克爷爷紧接着也问："我们的小宝贝，你在干什么呢？"

"把它放进冰箱里。"我说道。

弗兰克爷爷说："为什么要这么做呢？"

德希拉奶奶说："为什么要这么做呢？"

我说："让它能冻住。"

德希拉奶奶说："为什么要冻住它呢？"

弗兰克爷爷说："为什么要冻住它呢？"

我说："为了做个实验。"

德希拉奶奶说："是学校的要求吗，小宝贝？"

弗兰克爷爷说："是学校的要求吗，小宝贝？"

我说："是的，科学课。"

德希拉奶奶说:"哦,是吗?"

弗兰克爷爷说:"哦,是吗?"

我一边回答"是",一边赶紧走向冰箱,不然滴到地毯上的水就更多了。我关冰箱冷冻室门的时候,妈妈刚好从卧室出来,她看了我一眼,又看了一眼客厅的那摊水,说:"把靴子脱了。"我坐在厨房的椅子上,开始脱靴子。我忘了我的袜子在手上而不是脚上了,但妈妈注意到了。我脱完左脚的靴子,妈妈还不太敢相信我没穿袜子,直到我把右脚的靴子也脱了,妈妈才终于确定了。她对我说:"难不成你真的认为你吃了一个星期的洋葱,就能一整个冬天都不感冒了?"

我摇了摇头:"不是。"

她说:"你有没有想过,人们都把袜子套在脚上,而不是手上?"

我摇了摇头:"没有。"

她说:"你现在跟我说一遍——袜子穿在脚上,手套

Jennifer, Hecate, Macbeth, William McKinley, and me, Elizabeth

戴在手上。"

我说:"袜子穿在脚上,手套戴在手上。"

妈妈:"再说一遍。"

我:"袜子穿在脚上,手套戴在手上。"

妈妈:"现在告诉我,你的手套哪儿去了?"

我:"在我放袜子的抽屉里。"

妈妈无可奈何地摊了摊手:"现在马上把你的袜子从手上脱下来,然后来帮忙摆放餐具。"

跟往常一样,德希拉奶奶和弗兰克爷爷帮我摆放了餐具,他们对于叉子和刀的摆放位置要求十分严格。似乎只要跟吃的有关,除了味道本身,他们的要求都很高:他们关注食物里含有多少维生素,关注上菜的次序,还关注吃饭的速度。他们自己是吃得非常慢的,因为他们要细嚼慢咽。"仔细地咀嚼有助于消化。"这句话他们每个人每顿饭都要说一遍,所以我一天起码要听六遍。到第三天的时候,我才查字典看了看"咀嚼"是什么意思,原来就是"嚼东西"呀。我想,等他们走了,我可以把这句"名言"寄给牙膏公司当广告了。

老两口儿细细咀嚼着他们那些植物种子,慢慢品味着他们的泡菜汁。我都有点儿搞不清他们是爱吃饭还是恨吃饭了:也许他们吃得这么慢,是希望美味永远享用不完;也许他们吃得这么慢,是因为实在是太难吃了,根本难以下咽。

我偷偷地把他们的食物每样都留了一点儿,用蜡纸包好,贴上了标签。无论如何,我想,也没几个女巫徒弟能像我一样为飞行药膏找到狮子奶的。就算是在非洲,一个有很多巫师也有很多狮子的地方,那里的巫师也不见得能找到狮子的奶呀。我感觉这会是一个有用的配料,因为狮子的跳跃能力很强,狮子奶也许就是能让人一飞冲天的饮料。只是有一点,狮子奶是粉末状的,需要冲泡后才能喝。我把搜集到的一包包配料都藏在了内衣抽屉里,紧挨着大钥匙、詹妮弗的纸条,还有我剪下来的指甲。我的

内衣抽屉已经塞得满满当当的啦。

新年前夜,爸爸妈妈要去参加一个派对。他们已经好久没参加派对了,所以妈妈对此特别期盼,但有件事令她烦恼了一个星期,那就是礼节问题。因为老两口儿在我家小住呢,她觉得她和爸爸去,不带上他们有失礼貌,但是她和派对的主人不熟,请主人同时邀请老两口儿也不太妥当。拒绝主人的邀请也不太好,因为她已经答应在先了。

一天晚上,妈妈把这个困扰了她很久的难题告诉了爸爸:"也许我应该跟他们说,我们是刚刚才收到的邀请,这个邀请对你的工作很重要,希望他们能够理解这个紧急情况。"

我之所以知道这些细节,是因为老两口儿来了以后,我只能睡在爸爸妈妈卧室的小床上。妈妈说话的时候,爸爸已经在打盹儿了。我猜他是听到"紧急情况",突然吓醒了。

"'紧急情况'？"爸爸说。

"嘘,嘘……"妈妈示意他小声点。

"什么紧急情况,还需要安静地讲？"爸爸问。

"不是,不是。"妈妈说,"我只是想,如果我们对德希拉姑姑和弗兰克姑父说事出紧急,我们不得不接受这个临时邀约,也许他们就不会太介意新年前夜只能跟伊丽莎白待在家里了。"

"你还在想这事？"爸爸问,"你为什么不能直接跟他们说真话呢？"

"真话！真话！"妈妈说道,"我怎么跟他们说真话？"

"说真话很难吗？"爸爸问,我能听出来爸爸很困,"也许是我不够了解情况。真相到底是什么呢？"

"真相就是只有我俩被邀请,而他们没有！"

爸爸笑了一下,说："听起来很糟糕呢。明天早晨我来处理吧。"

我也忍不住笑出了声,忙把头埋进了枕头,妈妈突然

意识到我一直醒着呢。

"伊丽莎白。"妈妈说。

我没说话。

"伊丽莎白,"妈妈继续说,"我知道你没睡,你要是敢跟爷爷奶奶说一个字,他们在的这段时间你就去睡浴缸。"我仍然一声没吭。

爸爸第二天早晨确实"处理"了这件事:他只是告诉他的姑姑姑父,他和妈妈新年前夜要出去参加个派对。

德希拉奶奶说:"年轻真好呀,还可以参加派对,不是吗?"

弗兰克爷爷说:"年轻真好呀,还可以参加派对,不是吗?"

我不明白他们为什么说爸爸妈妈还年轻,爸爸妈妈的年龄是我的两三倍呢!

爸爸接着说:"我知道你们会喜欢跟伊丽莎白待在一起的。"

弗兰克爷爷说:"那我们是不是就成保姆啦?"

德希拉奶奶说:"那我们是不是就成保姆啦?"

爸爸说:"没错。"

德希拉奶奶说:"这简直太好了,不是吗,弗兰克?"

弗兰克爷爷说:"这简直太好了,不是吗,弗兰克……嗯……嗯……我是说,德希拉?"

他们已经等不及让爸爸妈妈赶紧去参加派对了。爸爸妈妈都精心打扮了一番,我能看得出妈妈对参加派对相当兴奋,她把头发来来回回地梳了好几次,甚至还站在一面大镜子前,又拿了一面小镜子在眼前照呀照,好看到身后的发型。她往常都不会这样做的。他们这么一打扮,看着也不太老,也就是比较成熟吧。

我从没被照顾得这么好过。老两口儿摆好了我的睡衣,折好了我的被脚。他们给浴缸里放好水,还仔细地测量了水温,德希拉奶奶甚至在我刷牙前,给我的牙刷挤上了牙膏。我上床睡觉以后,他们每过半个小时就会到卧室

Jennifer, Hecate, Macbeth, William McKinley, and me, Elizabeth

来看我一眼,我都快睡不着觉了,他们还不时地给我盖被子,除了鼻孔以外,其他部分都被他们盖上啦!

新年那天又阴又冷。爸爸在新年的第一天睡过头了,都没起来吃早饭。妈妈起床以后,一直边打哈欠,边笑着向老两口儿表示感谢,谢谢他们头一天晚上照顾我。晚上差五分七点的时候,我去了大树下。外面又黑又冷,我带了一支手电筒,走到树跟前,发现了一张纸条,是詹妮弗的笔迹:

树根下面,

自寻宝藏。

通通吃光,

心花怒放。

留下种子,

有大用场。

周六图书馆,下午两点半见。

我弯下腰,在树根处仔细地寻找着,手电筒的亮光突

然照到一个小小的、圆圆的物体。我捡了起来,天哪,这是我这辈子见过的最圆、最可爱的西瓜了。我像抱小宝宝一样抱着这个西瓜回了家。我走进客厅后,把西瓜放在了地板上,问道:"有人要吃西瓜吗?"

所有人都异口同声地问我:"你从哪儿弄来的?"我回答说是在一棵树下捡到的。然后我把西瓜高高地举了起来,所有人就像游行一样,在我后面排着队进了厨房,连老两口儿都兴致勃勃地加入了吃瓜的队伍。

"把西瓜子留下来。"我大声喊道。

大家净顾着吃了,也没问问我为什么要留下西瓜子。

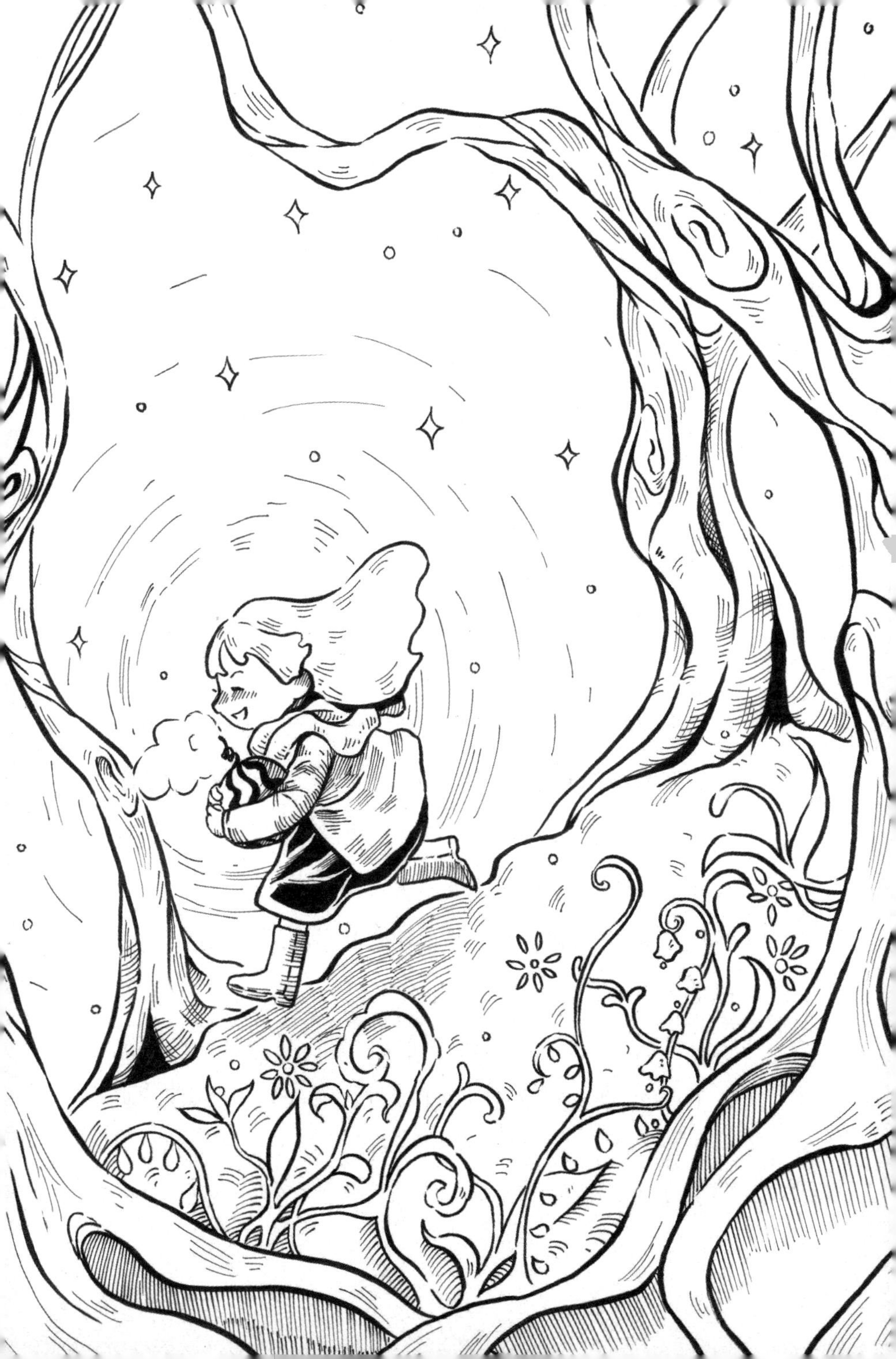

第七章　生日派对

寒假的最后一个星期六我过得很慵懒。我起床很晚，然后磨磨蹭蹭地耗到了下午两点，除了看着德希拉奶奶和弗兰克爷爷整理行李，基本什么也没做。老两口儿晚饭后才会离开，但是一吃完早饭他们就开始收拾。我本以为他们会多待些日子的，但是他们的健康食品要吃完了，所以他们必须回曼哈顿再补充一些。

我跟妈妈说我要去图书馆的时候，妈妈似乎解脱地舒了口气。我觉得她是用吸尘器打扫房间干得太累了。她

每天要吸三遍地,因为老两口儿每次吃完饭后,那些种子撒得到处都是。我建议妈妈养只鹦鹉,它们正好喜欢吃种子,那样她就不用打扫了。妈妈听了,只是轻轻打了我一下。

到达图书馆的时候,我看见詹妮弗的小推车已经停在资料室的外面了。詹妮弗正在读百科全书,是从字母 V 到字母 Z 的那卷。我已经一个星期没见到她了,所以有些迫不及待地想知道她假期过得怎么样。她见到我走进来,便抬起头小声问:"你带什么好吃的了吗?"

"一些坚果。"我回答。

"哪种坚果?"她问。

"巴西坚果。"我说。

"皮儿不太好剥呢。"她说着从座位上起身,走到借阅处办完了借书手续。我们把所有新借的书放到了詹妮弗的小推车里,然后向公园走去。我俩轮流拉着小推车。走了一会儿,我说:"谢谢你的西瓜。现在这个季节,你是从哪儿弄到的呢?"

"就从你得到它的地方。"詹妮弗回答道。

"可我是从地上捡的呀。"我说。

詹妮弗说:"西瓜就是长在地里的呀。"说完,她瞥了我一眼,然后抬起下巴,望着天空。

我们走路的时候,詹妮弗从来不低头,即便是上下台阶的时候,她也不看路,但是她从来不摔跤,也不会撞上任何东西。有时候在学校,我能看到她边读书边沿着走廊走,到了拐角处她就很自然地拐弯,遇到门的时候,她也可以一边继续看书一边头也不抬地把门打开,既不磕绊,也不摔跤。可以这么说,看书和走路应该是她最擅长的两件事了。

我们到了赛默森公园,发现魔力之圈那里一片狼藉。地上都是泥,而且到处都是游客喂松鼠或者喂鸟时丢的面包屑。詹妮弗看了一眼,说:"这儿好美呀,不是吗?"我看了一眼,耸了耸肩。我们又勾起手指,像往常一样,绕起

Jennifer, Hecate, Macbeth, William McKinley, and me, Elizabeth

了圈。

绕完圈以后,我们坐在长椅上,开始剥巴西坚果吃。詹妮弗从小推车里拿出一大盒盐,仿佛她早就料到我会带些坚果或者其他需要撒盐的食物一样。她每吃一粒坚果,都会先舔一下,然后再撒点盐,这样盐就能沾在上面了。

我们吃坚果的时候,辛西娅和德乐斯走进了公园。她们每个人的肩膀上都背了一双冰鞋,准备去滑冰。德乐斯穿得很明智,光我看见的,她就穿了滑雪裤、夹克、靴子,戴了手套、绒线帽,还有御寒耳罩。这就是能让妈妈认可的装扮,因为很暖和。辛西娅穿得就很不明智,她只穿了一件那种一旋转下摆就会飘起来的小裙子,当然前提是她要学会如何在冰上旋转。我希望她一会儿冻僵了才好呢。

当上女巫的徒弟已经几个月了,我暗自想,如果能让辛西娅摔一跤的话,那我所有为了成为女巫而付出的辛苦就没白费。所以当她们经过的时候,我的目光一直追随着她们,心里默默念起了咒语:"绊倒摔跤,绊倒摔跤,绊倒摔跤,绊倒摔跤!"刚念完,辛西娅就被詹妮弗的小推车把手绊了一下。虽然她只是绊了一下,并没有摔倒,我还是很满意,感觉自己算得上半个女巫啦!

我们吃完坚果就准备干正事了。詹妮弗问我新年之前有没有吃"禁食"。我告诉她,这么问对我简直是一种侮辱呢。接下来我跟她讲了我从老两口儿那里搜集到的种子和狮子奶,她看起来很满意。我还告诉她老两口儿说话永远都是用疑问句,她听得兴致勃勃,于是我就学起了德希拉奶奶和弗兰克爷爷那种互相重复的说话方式。有那么一秒钟,我觉得詹妮弗都要笑出声了,然而她还是忍住了,不过我看得出她听得很开心。

接下来,詹妮弗的话让我喜出望外,她说我可以升级啦!我已经正式从女巫的徒弟晋升为预备女巫了。所以从现在开始,我不用再吃那些特殊食品了。但是,我行事必

Jennifer, Hecate, Macbeth, William McKinley, and me, Elizabeth

须非常小心。她一条条地跟我说了需要注意的事项,她把这些叫作"禁忌"。

注意事项一:睡觉的时候不许枕枕头。

注意事项二:不许剪头发。

(这条对我来讲有点儿难,因为我的刘海儿长得都挡眼睛了。妈妈总说,只要她空闲下来,就要把我的刘海儿剪掉。)

注意事项三:晚上七点半以后不许吃东西。

注意事项四:不许打电话。

(我问詹妮弗,如果别人给我打电话,我可以接吗?詹妮弗说"当然啦",然后她就继续往下念了。)

注意事项五:星期日不许在家穿鞋子。

注意事项六:不许用红墨水。

注意事项七:不许划火柴。

注意事项八:不许碰大头针或者缝衣针。

注意事项九:不许在婚礼上跳舞。

注意事项十：睡觉前必须绕着床走三圈。

（另一个问题：我的床一侧是靠墙的，所以我要么说服妈妈改变一下我房间的布置，要么就得每天晚上把床拉出来才行。）

注意事项十一：在街上要注意走没有医院的一侧。

注意事项十二：吃早饭前不许唱歌。

注意事项十三：吃晚饭前不许哭鼻子。

我跟詹妮弗说，这里面有些事看起来很难办到，还有一些看起来没什么意义。她却说，如果我总是希望这些事都有意义，那也许我还不够格，不该晋升呢。我问詹妮弗她是不是也需要遵守这些，她说她一直都在遵守，只有一条除外，她现在已经被允许划火柴了。我想起来了，当初詹妮弗收我为徒的时候，她还点过一根蜡烛呢。我坚信我也能够遵守这些规定。我跟詹妮弗说想要一张列有注意事项的单子，这样我就不会不小心破戒了。她说女巫不能依赖这种单子，因为写出来以后，单子可能会丢失，也许

Jennifer, Hecate, Macbeth, William McKinley, and me, Elizabeth

会落到什么人的手里，这对女巫来讲意味着大麻烦。她说我必须在第二天开学前把注意事项全都背下来，她担心回到学校以后，我的心思会被学校里乱七八糟的事所占满。于是我当场把所有事项都背了下来，还通过了詹妮弗的考核。詹妮弗站起身，对我说："从现在起，你已经结束了女巫学徒期，成为一个预备女巫了！"

我很高兴，问道："预备女巫之后是什么？"

"正式女巫。"她回答。

"你是正式女巫吗？"我问。

"当然。"她答道，"只有正式女巫才有资格收徒弟。"

"预备女巫可以做什么呢？"我问道。

"你可以下一些小咒语，比如让人摔倒之类的。"

我开心地笑了，因为我已经做到了，我感觉浑身充满了神奇的力量。"什么时候我才能成为正式女巫呢？"我问。

"在我们制作出飞行药膏，并且成功飞行以后。"詹妮弗回答。

我开心极了,简直像是飞回了家。到了家门口,我停下来,脱下了鞋子,想提前体验一下明天在家不穿鞋的生活。

一月和二月的学校生活都很无聊,一直到总统日之前,都没有什么节日。除了学习,我实在无事可做。我和詹妮弗每周六的见面可谓风雨无阻,即便有时下雪后的道路泥泞难走。我每个星期都会攒一肚子的本周见闻,就等着见面时告诉詹妮弗,她似乎也对我们公寓楼里发生的大事小情很感兴趣。她也会给我讲点什么,但她不讲生活上的事,而会讲她的兴趣,比如她喜欢织布。她想织一块有图案的布,只有用某种特殊的方式拿起时,图案才会显现出来。至于图案,她想织人名,那些她不喜欢或者喜欢的人的名字。如果她把布折叠起来,名字被织在布上的那个人就会因为肚子疼而直不起腰;如果她剪断名字中的几根线,名字被织在上面的人就会有几道轻微的伤口。她

让我猜猜这块布还有什么魔力,看我猜不出来,她继续说道,如果她在这块布上织上喜欢的人的名字,那么这个人就会如这块平整干净的布一样,顺顺利利,平平安安。詹妮弗对密码学也很感兴趣,我们试着用詹妮弗自己编的密码交谈,但是又费时又费力,最后只能放弃了。毕竟我们只有每周六能见面,时间太宝贵了。

二月份的某个周六,我们没有见面。我接下来就讲讲原因。

辛西娅要举办一场生日派对,还邀请了我。我收到邀请信的时候很惊讶。邀请信的末尾写着"请回复",妈妈说"请回复"的意思就是我要告诉对方我是否会去参加。我跟妈妈说我可能去不了,妈妈问为什么去不了,我说因为我周六通常很忙。

"做什么呢?"妈妈问。

"去图书馆。"我说。

"你就不能挑其他时间去图书馆完成作业吗?"她问。

那时我才突然意识到,我还从来没有告诉过妈妈詹妮弗的事情呢,所以她一直以为我每周六去图书馆是为了完成学校的作业。一开始我没提詹妮弗,是因为妈妈没有问,后来没跟她提是因为我不想说了,詹妮弗是个女巫,可妈妈一直希望我和正常的朋友交往啊。况且,巫术是很隐秘的事情。

妈妈一直为我的社交问题担忧,也就是说她希望我能多交些朋友。

有一天晚上,我听到爸爸妈妈在谈论我,当时他们以为我已经睡着了。妈妈对爸爸说,她觉得我没有朋友,总是一个人玩,这不太正常。爸爸跟她说,一般来说,人的体温是 37 摄氏度,但是有些人的体温只有 36.8 摄氏度,他们仍然很健康。"所以,谁能说明白什么才算是正常呢?"爸爸说。妈妈好像听懂了,有那么一段时间,她不再总是跟我提"社交问题"了。可是一收到辛西娅的邀请信,突然间,妈妈又觉得正常的体温必须是 37 摄氏度了。

Jennifer, Hecate, Macbeth, William McKinley, and me, Elizabeth

"你可以利用平时放学后的时间去图书馆完成作业,这样你就能参加派对了。辛西娅多好呀,还邀请你参加她的生日派对呢!"

"是她妈妈让她这么做的。"我说道。

"你这样说可就很不友好了。这说明你很不尊重辛西娅,更不尊重你自己。"她停顿了一分钟,又指着我说,"你必须去。马上给辛西娅打电话回复。"说完,她拿起话筒,递给我。我怎么才能告诉妈妈我不想去,以及我不能打电话呢?我一直很注意那些"禁忌",我可不想为参加辛西娅的生日派对这种蠢事破戒。

我的脑子转得很快,借口来得更快:"何必打电话呢?我亲自上楼回复她不就得了!"

"这才像话嘛。"妈妈说道。

我走上楼,敲开了辛西娅家的门,回复说:"我会参加你的派对的。"

辛西娅说她很高兴我能参加,很抱歉此刻她不能邀请我进房间,因为她正忙着呢。我可没被她这些表面上的礼节唬住,这只能说明她妈妈就在附近,能听到我俩的对话。她的这种道貌岸然一直让我反感。

现在我面临一个真正的问题了:如何让詹妮弗知道我周六不能跟她见面了。我给她写了张纸条,说明了情况。第二天上学的时候,我把纸条钉在了大树上。中午回家吃饭的时候,我仔细查看了钉纸条的地方,发现詹妮弗在同样的地方给我回了一张纸条,上面写道:

千万注意!

派对时光需警惕,

蛋糕之类均放弃。

音乐响起躲一旁,

椅子游戏靠边立。

自从我跟辛西娅说"会参加",并且得到了詹妮弗的允许以后,我开始有点儿期盼这个派对了。因为我喜欢让辛西娅生气,而且我想,给詹妮弗讲那些体温是 37 摄氏

度的普通女孩们在派对上的表现应该很有意思吧。

周六早上一醒来,事情就进展得不太顺利。首先,那天是奶油糖果日。每次到了奶油糖果日,我都心情不好。我们镇上有个糖果工厂,不同的日子他们生产不同的糖果,所以住在附近的人总能闻到各种糖果的香气。橘子味总是让人心情愉快;樱桃味和酸橙味淡得基本闻不到;薄荷味闻起来很清爽(我有时会想象自己在抽一根薄荷味的香烟)。但是奶油糖果的味道实在太浓烈了,让人窒息。

其次,妈妈看到了我的头发后,一定要我先剪头发再去参加派对,尤其要剪掉刘海儿。她说我的脑袋就像是一锅煮过头的意大利面。妈妈跑去拿剪刀的时候,我找了一个浴帽戴上。

"把那个东西从头上拿下来。"妈妈说,"我只是要帮你修剪刘海儿而已。"

"我想让它们长长一点儿,求求你了。"我回答。

"不剪的话,你怎么才能干净得体地去参加派对呢?"

妈妈问。

"我会好好地洗一洗,然后用夹子别好的。"我回答,"不管怎么说,这是我的头发。"

"我知道这是你的。"妈妈说,"不过有的时候我真有点儿怀疑这乱糟糟的一团是不是头发。好吧,赶紧去洗干净。"

我用了好多洗发水,把头发洗了又洗,又用了数不清的发夹把头发别上,闹不好有五万枚呢!如果现在我的头顶上方有一块大吸铁石,我敢保证我会被吸得腾空而起。

参加派对的裙子也出了点问题:我的那件礼服已经穿了两年了。我其实每年都在长个儿,只不过比其他人少长那么一点点。如果我能多长一点儿,妈妈也许就会给我买新裙子了。可裙子总是能凑合穿,所以我就一次又一次地穿同一件。万圣节穿的那件清教徒的衣服也是这样。穿这些衣服可真不舒服呀!我的头发被夹子别得紧绷绷的,身上的裙子也紧巴巴的,我感觉必须有人像拉提线木偶

Jennifer, Hecate, Macbeth, William McKinley, and me, Elizabeth

那样把我的胳膊和腿都用绳子拉着,我才能动弹动弹。现在我完全没有参加派对的心情了。

妈妈给辛西娅买了件礼物,还包了包装。两天前,妈妈问我辛西娅喜欢什么,我说:"一条宠物蟒蛇吧,那最适合她。"妈妈不觉得我的笑话有多好笑。她给辛西娅买了一副可伸缩的手套,因为她不知道辛西娅的手有多大。

我走到了辛西娅家门口,按响了门铃。辛西娅开了门,跟我打了招呼。一进门,我就发现眼前的一切都是粉色的:辛西娅穿着粉色的裙子,天花板上垂着粉色的气球,桌子上摆着粉色的纸杯子和纸盘子,桌子中间还有个粉色的奶油蛋糕。

我一瘸一拐地走进门。看完詹妮弗给我的纸条,我就有了这个假装跛脚的计划,因为我需要一个借口才能不玩抢椅子的游戏,所以我就谎称腿疼。大多数参加派对的女孩都迟到了,她们都是我们威廉迈凯立小学五年级的同学,不过我从没跟她们一起参加过派对。不知道她们是见到我太惊讶了，还是因为我头上别了无数个发夹而没有认出我来，她们见到我都是先说声"嘿"，接着再看看我，说："哦，嘿！一开始没认出来是你呢。"可以说，我在派对上的社交不算成功，这个派对因为有我参加也不算太成功。

玩听音乐抢椅子的游戏时，辛西娅没有用唱片机或收音机来播放音乐，而是亲自弹起了钢琴。我真希望住在她家楼下的邻居能打电话抗议这种噪声，可惜邻居们静悄悄的，一个电话都没有。也许辛西娅把大人们都迷惑住了。辛西娅弹得没完没了，而我这个预备女巫则无事可做，实在无聊。

比如，我不能玩用大头针给小驴贴尾巴的游戏，（驴竟然都是粉色的，粉色的驴身和粉色的尾巴，想象一下！）因为我不能违反注意事项八，去碰大头针。我还不能玩听音乐抢椅子的游戏，不能吃蛋糕……这些都是詹妮弗警告过的。别扭的头发、紧巴巴的裙子、不能玩游戏，这些事

Jennifer, Hecate, Macbeth, William McKinley, and me, Elizabeth

情让我难过得喘不过气，我真想不小心忘了这些注意事项。我特别想不小心犯一个小错，稍稍破个戒，但是越这样想，我越难忘记自己预备女巫的身份。突然间，我意识到，也许这个派对就是我在那本黑宝典里读到的，在成为真正的巫师前要经历的考验。所以我决定不再为自己感到难过，而是要享受自己的与众不同和格格不入。我也确实做到了。

在玩完贴尾巴游戏和抢椅子游戏之后，大家又开始玩寻宝游戏，所谓宝藏就是奖品。我不费吹灰之力就找到了宝藏。刚宣布寻宝，我就直奔目标，宝藏就藏在沙发坐垫的下面。大家玩贴尾巴和抢椅子游戏的时候，我就一直觉得坐垫下面有什么东西硌屁股，出于礼节，我没好意思跟主人提。找到宝藏以后，所有女孩都说："天哪，你是怎么做到的？竟然这么快就找到了！"我只是耸了耸肩，给她们一个詹妮弗那种酷酷的表情。宝藏是一小盒巧克力——已经被压扁了的巧克力！

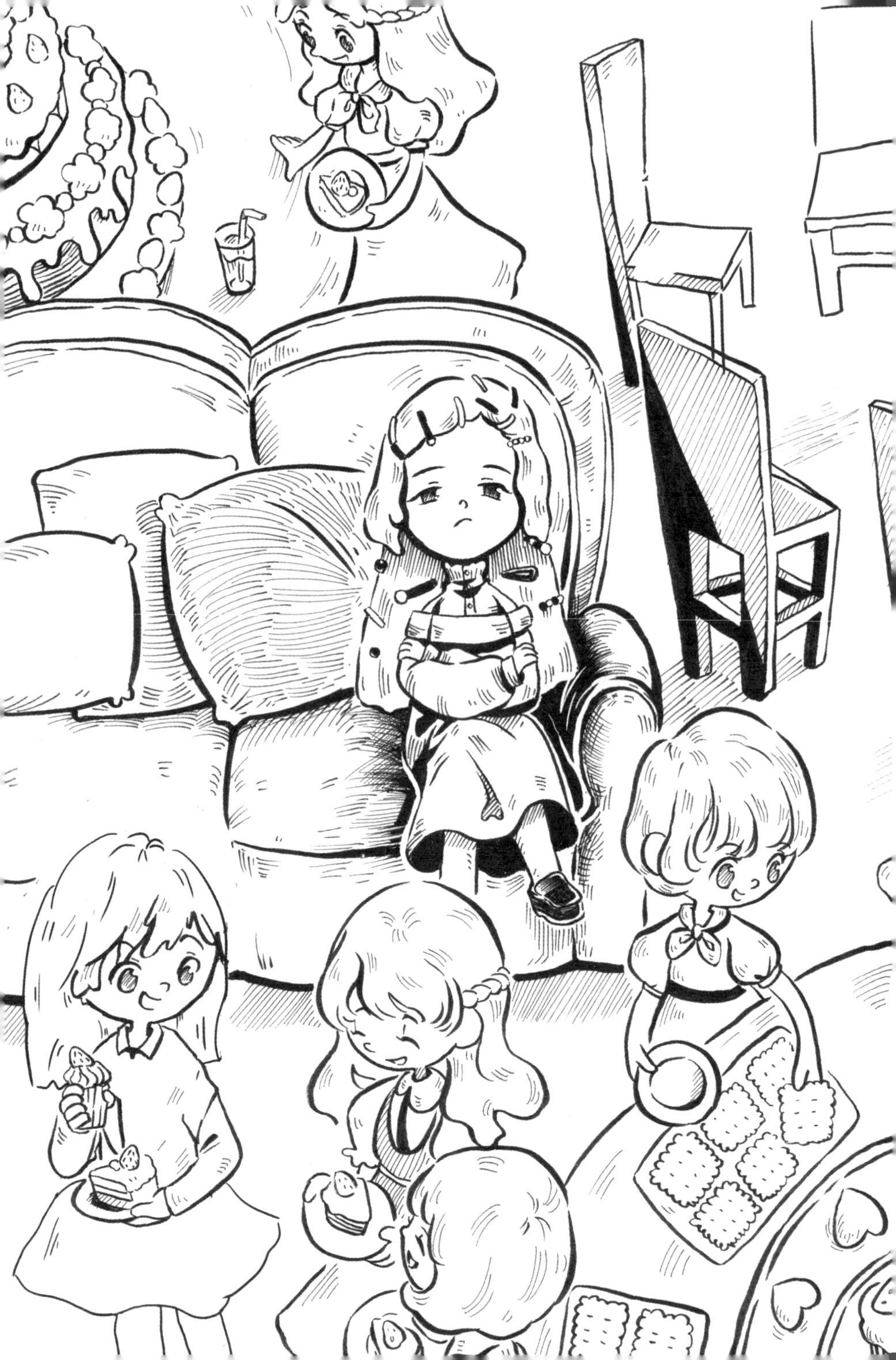

Jennifer, Hecate, Macbeth, William McKinley, and me, Elizabeth

　　下一个，也是最后一个派对游戏，是把衣服夹子投向牛奶瓶，看谁投进去的多。我投进去九个，我赢了！个子矮也不是没有优势的。我得到的奖品是一包发带，其中四条发带是粉色的。我打开奖品，看了看里面装的东西，说道："看起来我已经把这个奖品捆好了。"大家听了都哈哈大笑，我却一点儿没笑，一脸镇静。

　　接下来，大家围坐在粉色的桌子旁，玛利亚和海伦分别坐在我的两侧，看起来她们还挺满意自己的座位。坐好后，辛西娅开始当众拆礼物，每拆开一个，她都会惊呼："哦，太可爱了！"做作的样子真有点儿让人恶心。每次拆礼物之前，她还会把礼物举起来问一句："让我猜猜这是谁送的呢？"她应该只是做做样子，并不是真想知道答案，可我每个都答出来了："玛利亚""德乐斯"……因为我是第一个到的，所以很容易就能记住礼物都是谁带过来的。但是大家纷纷问道："伊丽莎白，你怎么知道的呀？"我仍然摆出了詹妮弗那种酷酷的表情，一概不理。

最后,辛西娅的妈妈点燃了蛋糕上的蜡烛,大家开始唱"祝你生日快乐",我没跟着一起唱。我知道大家对此都有些纳闷儿,但是谁都没有问,我也没有解释。我没法儿解释,我总不能告诉她们我就是喜欢这种与众不同的感觉吧。所以当我不吃蛋糕的时候,大家也见怪不怪,习以为常了。

派对结束后,辛西娅站在门口,对每一个人说:"谢谢光临。再见!"她也这么跟我说了,但是我知道她心里不是这么想的。她之所以这么说只是因为她妈妈站在门后。我知道她是言不由衷的,因为她说这些话的时候,冲我做了个鬼脸儿,还吐了吐舌头。

我回答:"谢谢你邀请我。再见!"我说的声音很大,她妈妈一定能够听见。接下来我就故意用我"受伤"的那条腿重重地踩了一下辛西娅的脚,然后头也不回地走了。我敢打赌,我正常的体温绝对不会是37摄氏度。

回家后,妈妈问我:"你走的时候说谢谢了吗?"

我回答道:"当然啦。"

一切似乎都焕然一新了。风向变了,空气中也没有那种奶油糖果的味道了,而是换成了清新诱人的烤面包的味道。应该是小镇里的面包工厂飘出来的吧!

第八章　乐小天

我跟詹妮弗分享了派对上赢得的奖品，跟她讲了辛西娅家粉粉嫩嫩的一切，还告诉她我怎么寻到了宝藏，怎么挨个儿说出了礼物的主人。在我说这些小把戏的时候，多少有些沾沾自喜。等我一股脑儿说完，詹妮弗指出了我的愚蠢："你必须要小心，不要在大庭广众之下施展巫术，更不能沉迷于炫耀！"

"可是，"我说，"那些小把戏算不上是什么巫术呀。我只不过记住了那些礼物属于谁，还碰巧坐在了宝藏上。"

Jennifer, Hecate, Macbeth, William McKinley, and me, Elizabeth

詹妮弗的表情很严肃："你觉得为什么你能很容易就记住那些名字呢？"

"因为我是第一个到达的客人吧？"我回答。

"你觉得为什么你会是第一个到达的人呢？"她问。

"因为我妈妈让我早点儿到？"我说。

詹妮弗停顿了一下，给了我一些思考的时间，才接着说："你觉得为什么你会坐在宝藏上呢？"

"因为你说过我不能玩听音乐抢椅子的游戏？"

"那你觉得我为什么说你不能玩抢椅子的游戏呢？"她又问。

"因为……因为……因为……我不知道。"我回答。

她不再说关于派对的事，我也不敢再提了。我觉得有点儿失望，本来我还攒了好多话想跟她说呢。观察那些普通女孩在派对上的所作所为好讲给詹妮弗听，这就是我在派对上从头坚持到尾的动力呀。我不明白为什么詹妮弗不想听那些普通女孩的故事。

我们又回到了正题上。像往常一样，我们开始勾着手指，沿着魔力之圈绕圈。我还沉浸在派对的情绪里，便努力地平复了一下心情，才重新与詹妮弗谈论起巫术的话题。魔力之圈果然有让人回到魔法世界的魔力呀。我们开始讨论起制作飞行药膏的计划来。

我已经完成了我的第一项任务：列出所有可能用到的配料。大部分配方都需要毛地黄、毒芹等植物，哦，还有我的最爱——颠茄！

我本以为每个女巫都会在配方里加上金缕梅，但其实不是。詹妮弗把那些著名配方里都会有的配料叫"通用配料"。制作药膏时需要用一些通用配料，还需要一些特殊配料。通用配料大同小异，但是特殊配料是自己独有、其他女巫不会用到的东西。我们的特殊配料包括自己的指甲和用脚印里的雪团成的雪球。

我们是这么分工的：詹妮弗负责学习咒语，还有搜集通用配料；我负责搜集特殊配料，比如生火用的木炭，还

Jennifer, Hecate, Macbeth, William McKinley, and me, Elizabeth

有一罐三磅①重的白油。我们用白油制作飞行药膏的底料，这样药膏才会黏黏的。我们也考虑过用凡士林当底料，但是搜集三磅的凡士林可不太容易。我已经想好了，如果妈妈问我拿这些白油干什么，我就说送给穷人。我就是那个穷人。

我有点儿担心詹妮弗找不到毛地黄、毒芹和颠茄，她让我不用担心。"那你上哪儿去搞到这些东西呢？"我问。

"从我爸爸那儿。"她回答。

我吃了一惊："你爸爸是个巫师吗？"

"有些人说他是个会植物魔法的巫师。"她低声说道。

"真的吗？"我说，"真正的巫师？"

"我说过了，植物巫师。"她答道。

"天哪，詹妮弗。"我张大了嘴，"太让人羡慕了。我爸爸只是个普通的上班族。"

詹妮弗接下来说道："也许我们应该制作飞行药水。"

---

①1 磅合 0.453 6 千克。

"飞行药膏和飞行药水有什么区别吗?"我问道。

"你喝下药水,就会从身体内部产生变化;你把药膏涂满全身,就会从外部发生变化。"

"要喝下去吗?"我问。

"是的。南美有一种植物叫死藤水。我们可以用那个做配料。也许一些丛林女巫可以飞着给我们送过来。"

"真要喝下去吗?"我忍不住尖叫了。

"是的。"

"那我还是选飞行药膏吧。"

詹妮弗叹了口气:"我们做了这么多准备工作,不做药水确实有些可惜呀。等到了放春假的时候,我们就得准备好所有通用配料了。"说不清为什么,我觉得当我选飞行药膏的时候,詹妮弗似乎松了一口气。我还觉得她提到改做飞行药水,只是为了转移话题,不想继续讨论她的父亲。我喜欢这种能猜出她的心思又不被她发现的感觉!

三月的天气就像娃娃的脸,时好时坏的。我总是盼着

Jennifer, Hecate, Macbeth, William McKinley, and me, Elizabeth

天气能暖和些,可是真的暖和了,我又觉得也没什么用,因为妈妈根本不觉得三月里有暖和的日子。她要求我五月之前一直要穿笨重的冬季外套,而且里面还要再穿一件秋衣。直到夏天来了,她才会洗这些过冬的衣服,然后收起来。看来冬天什么时候结束,根本不是由气温决定的,所以三月里那些天气暖和的好日子,我也只能穿着厚厚的、痒痒的、脏脏的冬季衣服,哦,还有秋衣。不过尽管被裹得厚厚实实的,我还是喜欢暖和的好天气。

三月的每个周六,和詹妮弗见面的时候,她都带着乐小天。乐小天是我们的一只小蛤蟆。全纽约也没有几个人能在三月里找到一只蛤蟆,或者在一月里找到一个西瓜吧?但詹妮弗可不是普通人!三月的第一个周六,詹妮弗来到公园,对我说:"我今天带了一只蛤蟆。"她伸出手,手里捧着乐小天。它的个头儿不太大,有那么一秒钟,我都怀疑它是不是那种玩具套装里的塑料蛤蟆。它们一般被粘在一张纸板上,外面罩着一个透明的半圆塑料罩子,纸

小巫婆求仙记

板上还会写上"农场的朋友们"或者"大小恐龙"的字样。这个时候,小蛤蟆突然动了一下,我吓得跳了起来。詹妮弗马上合上了手。

"你从哪儿弄来的?"我问。

"女巫们都有蛤蟆。"她回答,"蛤蟆是最基本的配料。"她停了一秒钟,望了望天,然后说道:"怎么,你难道没读过《麦克白》①吗?"

"呃,没读过。我只是听说过《麦克白》。"

"每个当代女巫都该读一读《麦克白》。"詹妮弗说,"书中的女巫熬制了一锅特别的汤,不是飞行药水,而是麻烦汤。里面的第一种配料就是蛤蟆。"詹妮弗说着看了我一眼,背诵道:

绕釜环行火融融,

毒肝腐脏聚其中。

----

①《麦克白》是英国剧作家莎士比亚创作的戏剧,"四大悲剧"之一。

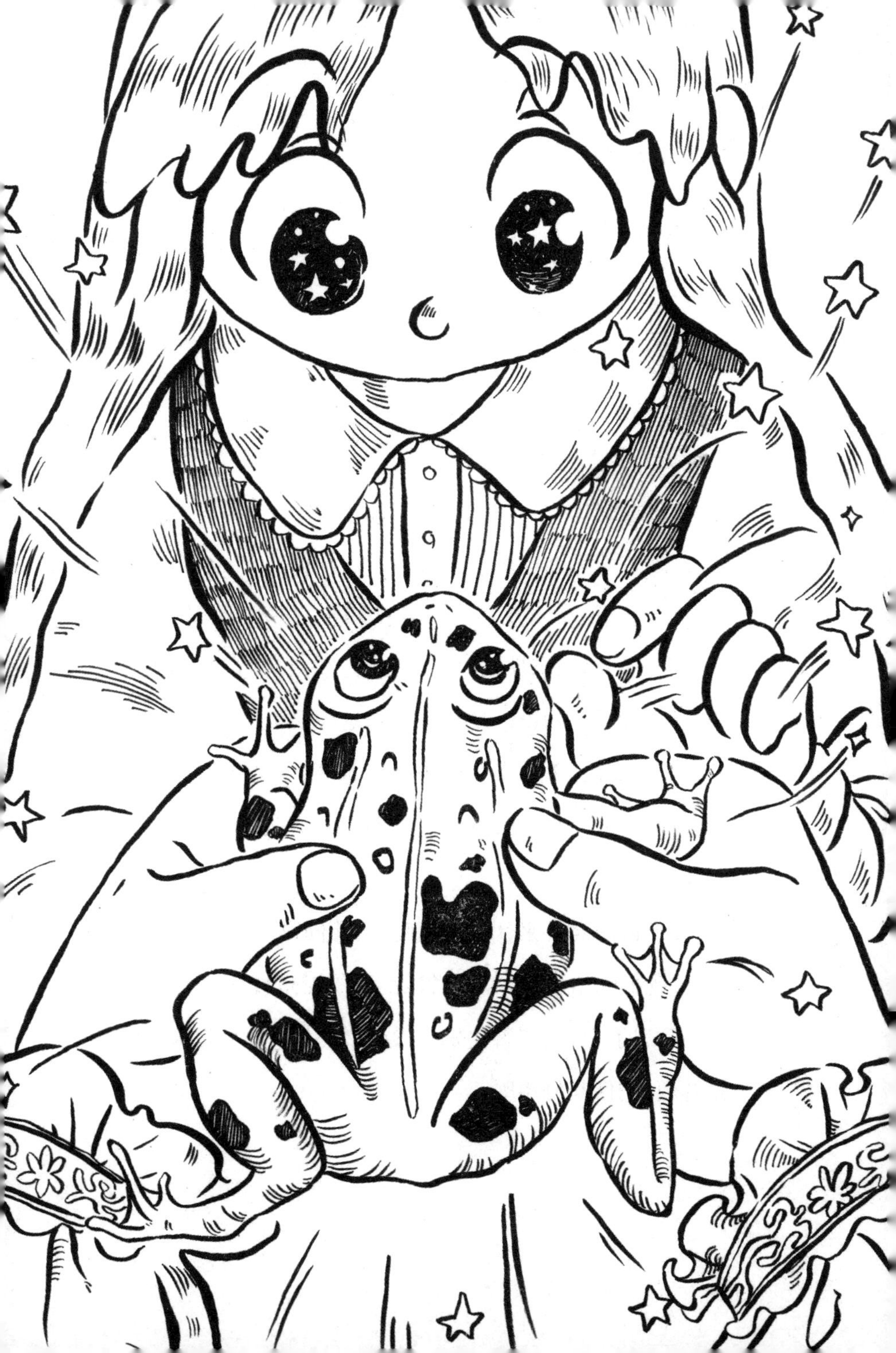

蛤蟆蛰眠寒石底，

三十一日夜相继。

汗出淋漓化毒浆，

投之鼎釜沸为汤。

在背诵咒语的过程中，她一直盯着我。

"这些是麦克白说的话吗？"我问道。

"当然不是。"她有点儿不高兴了，"麦克白不是巫师。这是女巫们熬制麻烦汤时念的咒语。你要注意，她们熬汤的时候，投进去的第一个配料就是蛤蟆。"

"《麦克白》里的女巫们叫什么名字？"我问道。

"女巫甲，女巫乙，女巫丙。"她回答，"还有赫卡忒，女巫的王后。"

"那锅汤会带来什么麻烦呢？"我问道。

"她们想给麦克白一个警告。"詹妮弗回答。

我想了想，说："警告别人没什么不好呀。听起来不像是麻烦，倒像是好事呢。"

Jennifer, Hecate, Macbeth, William McKinley, and me, Elizabeth

"这不是好事。"詹妮弗坚定地说,"你不可能既当女巫,又做好事,两者是冲突的。"

"那女巫们想警告他什么呢?"

"真相。"

我不明白真相有什么不好。我倒是听大人们说过"可怕的真相"之类的话,但是我不太明白他们这么说是什么意思。所以我问道:"真相有什么不好呢?"

"她们告诉他真相以后,他就会对自己过于自信。于是他就会粗心、犯错,也就导致了最终毁灭的命运。"

"女巫们到底跟他说了什么呢?"我又问。

"我不告诉你,你自己去读《麦克白》吧。每个当代女巫都应该读一读。那里面的女巫太了不起了。"

"给我举个例子吧,好吗?"我乞求道。

"那我就讲讲吧。"她想了又想,才开口说道,"假如她们说:'伊丽莎白,你要小心……小心蛤蟆。蛤蟆会带给你痛苦。'你暗自想,你喜欢蛤蟆,而且蛤蟆没有尖尖的牙

齿,也没有锋利的爪子,怎么会带给你痛苦呢。但是既然女巫们警告你了,那你就小心一些吧。"

"是呀。"我说,"我会听她们的话。她们也许是想告诉我蛤蟆会让我长疣子,我需要把它烧掉。"

詹妮弗点点头,继续说:"第二天,她们告诉你,出生在会下雨的地方的动物不会伤害你。你又暗自想,蛤蟆都出生在池塘里或者湖里,那些地方都会下雨。所以你不用太担心蛤蟆什么的。"

我认为她说得对,但是没说话。接着,詹妮弗又继续说道:"第三天,她们又告诉你当蛤蟆的家来到你身边的时候,你会感到痛苦。你会想,湖、池塘或是公园怎么可能来到你的身边呢。所以,你本来是很相信最初的警告的,但是最后你却越来越相信自己了。"

"相信自己有什么不对吗?"我问。

"相信自己没有问题,但是太相信自己就不太对了。想象一下,如果在考试前你过于相信自己,以至于一眼书

Jennifer, Hecate, Macbeth, William McKinley, and me, Elizabeth

都没看,会有什么结果?"

"哦,我还没有那么相信自己过。"我看着蛤蟆,想要拍拍它。

詹妮弗仍然沉浸在《麦克白》的情节中,引用了其中赫卡忒说的话——

你们都知道,

自信是终会死去的人类的最大仇敌。

"人都会死吗?"我问。

"当然。"詹妮弗回答。

"那么,赫卡忒的话是不是和龟兔赛跑的道理一样。你知道的,就是那个寓言,兔子太相信自己一定会赢了,所以没有认真比赛,它不够努力,所以最后输给了乌龟。"

"是呀。"詹妮弗继续说,"唯一不同的是,她们不是让麦克白相信自己会赢,她们是让他觉得自己永远不会失去。"

"失去什么?"我问。

"他的生命。"她的声音有些沙哑。她直直地盯着我,我咽了一下口水。

"詹妮弗,"我问,"你除了读书还做些什么呢?"

她看向天空,叹了一口气,严肃地说道:"我会思考。"她继续看着天空,追问:"现在你能理解女巫的警告了吗?"

"《麦克白》里的女巫吗?"我问。

"任何女巫。"

我点点头。有那么一秒钟,我脑子里闪过了一个念头:这是詹妮弗在警告我吗?接着,我又想,哦,一只可爱的小蛤蟆怎么可能让我痛苦呢?

"我可以拿一会儿它吗?"我问。

"当然。"她把小蛤蟆递给我。

"詹妮弗,女巫们会给自己的蛤蟆起名字吗?"

"从不。"她说。

"我觉得我们应该起一个。"我说。

Jennifer, Hecate, Macbeth, William McKinley, and me, Elizabeth

"不行。"她回答。

"我觉得我们应该叫他'小乐'。'乐'就是开心的意思。你看,它有明亮的眼睛,而且看起来很喜兴。"

"如果非要起个名字,那就应该叫'天天'。"她说。

"为什么叫天天?"我问。

"'天'就是'天生我材必有用'……它会是我们制成飞行药膏的好配料。"

"小乐更好。"我说。

"天天。"她说。

"那叫'乐小天'怎么样?"我问。

"好吧。"她回答。

我想从那一刻起,我就爱上了乐小天。给它起名字,是我第一次在与詹妮弗的争论中取得胜利。我终于能说服她了,我想。

我们两个都很爱乐小天。我们一般都喊它的全名。我们喜欢给它抓虫子吃,还会时常带上一把格尺,去公园测

量它能跳多远。每次量完,我们都会写上日期。我们会算出它当天的平均跳跃距离和最长跳跃记录,还会计算它总的平均跳跃距离和最长跳跃记录。作为这么一个不会说话的小动物,它已经算是一个很好的伙伴了。它身上总是绑着一条彩带,那不是什么冠军或者亚军的彩带,而是我参加辛西娅生日派对时得到的发带。

我们都在比拼谁对乐小天更好。我们常常会为了谁拉它乘坐小推车而争论。我们在小推车上方盖了一块旧玻璃,这样它就不会跳出来了。它不太懂得感恩,因为每一次我们挪开玻璃的时候,它都想跳出来逃走。很显然,我们爱它远胜于它爱我们。有时,我都觉得我们对乐小天的爱都要超过我们对彼此的爱了。乐小天让我第一次对詹妮弗产生了嫉妒之情。以前我只是羡慕詹妮弗,羡慕她读过很多书,羡慕她能一边走一边望天还不会跌倒,羡慕她可以完全忽视其他人(包括我)的那种酷酷的样子。但我并不嫉妒她,每当詹妮弗与我分享她的这些才华时,我

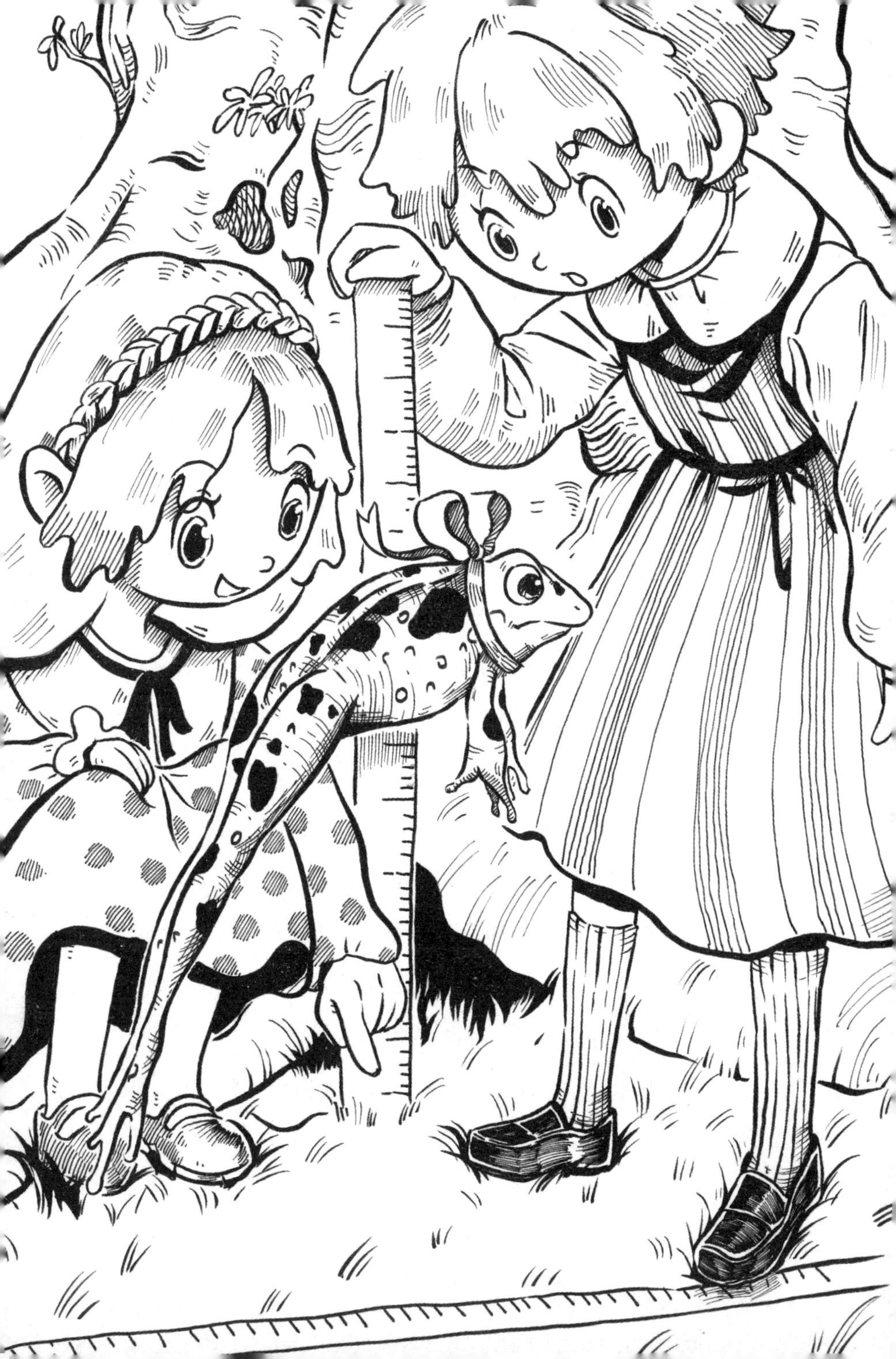

都很感激,哪怕她难免有些高高在上。但是詹妮弗与我分享乐小天的时候我却不感激她,还会有些嫉妒,因为我好希望可以每时每刻都拥有乐小天。它有一双那么迷人的眼睛!

有一天,詹妮弗把乐小天装在衣兜里,带到了学校。那天天气很暖和,五年级的所有学生都在操场上玩球。詹妮弗守一垒的时候,乐小天从衣兜里跳了出来。第一个注意到乐小天的人是汤米·施密特。他刚击中一个球,朝一垒跑去,就突然发现了乐小天。当时每个人都在大叫:"加油,汤米!加油,跑,汤米!快点跑呀!"汤米没有跑,而是一动不动地僵在那儿了。詹妮弗仍然像往常一样看着天。汤米僵住的时候,全场突然安静了。詹妮弗迅速弯下腰,捡起乐小天,把它放回衣兜,接着把衣兜的扣系上。整个过程中,没有一个人说话。我暗自笑了起来,我可不能让别人知道我也是乐小天的主人哪。

三月里,我还练习了预备女巫可以施的一些咒语。有

Jennifer, Hecate, Macbeth, William McKinley, and me, Elizabeth

那么几次,我施的咒语奏效了。下面是一些成功的例子:

1.辛西娅病了,在家休息了八天。哈森小姐让我每天把作业告诉辛西娅。作为预备女巫,我还做不到让她病得更严重。

2.有一天我忘记做数学作业了,而哈森小姐竟然也忘了收。

3.全班一起去动物园的那天下雨了,每个人都生病了,有两个孩子还呕吐了。校车里都是汽油和潮湿的雨衣混在一起的味道,难闻极了。动物园里的气味也很难闻。而我倒是很喜欢这一切。

4.辛西娅和德乐斯吵架了,虽然只吵了一小会儿。我现在的能力也只能下一些效力很短的咒语。

总而言之,我对自己的巫术越来越自信了。

第九章　友谊危机

四月中旬,春假终于来了。詹妮弗和我每个星期六都会一起研究巫术。我们放弃了骑自行车、看电影、溜旱冰或者穿着睡衣遛弯儿等休闲活动,把所有精力都用来制作飞行药膏,而现在终于到检验成果的时候了!

我们约在春假的第一个周一的早上七点钟在公园见面。那就意味着我需要在早上六点半就起床。妈妈听到我起床和穿衣服的声音,冲进我的卧室,看了一眼墙上的钟,说道:"天哪,我真不敢相信自己的眼睛!"然后她就回

Jennifer, Hecate, Macbeth, William McKinley, and me, Elizabeth

到了床上。我很庆幸她没有追问我。我很紧张,所以连早饭都没吃下。当然,我也希望一会儿飞行的时候,我的体重能轻一点儿,这样应该更容易飞起来吧。

头一天晚上,我列了一张清单,然后一项项地对照清单检查配料是否带齐了:我的指甲、西瓜子、用旧牛奶盒子装着的冻雪球、老两口儿贡献的那些健康食品、三磅罐装白油、一把用来往外舀白油的抹刀、木炭和点燃木炭用的液体燃料。我把所有东西都放进一个超市的大袋子里,然后拎着它去了公园。

我到公园的时候詹妮弗已经到了,她把那口三条腿的大锅也带来了。小推车里装满了盆栽植物,配上小推车上面的玻璃罩,看起来就像是间带着轮子的小花房。这么多东西,估计詹妮弗运了两次吧。大锅里放着火柴、她的指甲,还有装在一个鲱鱼罐头盒里的融化了的雪球。她的指甲装在一个火柴盒里,我猜她这两天又攒了一些,因为她的指甲现在已经修剪得很秃了。我们都一直在念祈求

大风的咒语,结果今天真的是个大风天,而且还很暖和!我们确认已经万事俱备了:正确的配料、正确的咒语,还有适合飞行的大风天气。我们已经准备好要起飞了!

我们都很清楚接下来要做什么。我们把配料都放进超市购物袋,接着带着大锅、购物袋和小推车来到了魔力之圈的中央,把这些东西放在喷泉的底座旁。然后,我们默默地绕着魔力之圈走了七圈,一圈比一圈走得快。接下来,我们走到公园的野餐区,那里有烧烤架。我把木炭放到架子上,然后浇上液体燃料。詹妮弗点燃了火柴,因为她已经不用遵守注意事项七啦。我们把大锅抬到了烧烤架的上方。

我们先把装白油的罐子打开,把白油全部倒进锅里。接着,詹妮弗把罐子上的拉环也扔进了锅里。我们绕呀绕呀,绕着大锅走了好几圈,三磅白油才彻底熔化了。而我们始终一句话也没有说。白油熔化以后,我们加入了其他配料。詹妮弗开始念咒语,而我则一边添加配料,一边搅

拌。我最先放进去的是颠茄,詹妮弗念"西卡,西卡",我搅呀搅呀;接下来我又丢入了雪球,白油开始咕嘟咕嘟地冒泡了,并散发出热气,詹妮弗念"贝萨,贝萨",我搅呀搅呀;下一个放的是毛地黄,詹妮弗念"西卡,西卡",我搅呀搅呀;然后是狮子奶,詹妮弗念"贝萨,贝萨",我搅呀搅呀;然后是西瓜子、指甲、老两口儿的健康食品……所有东西都投入大锅了,詹妮弗继续念咒语,而我始终搅呀搅呀……

最后,詹妮弗揭开了小推车上的玻璃罩,慢慢把乐小天从它的小"房间"里拿了出来。在这个过程中,詹妮弗看都没看我,她念着咒语,抓住了我最喜爱的宠物小蛤蟆的一条腿,倒提着乐小天,晃悠悠地将它拎到了大锅的上方。

我倒吸了一口冷气,差点儿叫出声,我竟然忘了乐小天也是配料之一!詹妮弗听到了我的喘气声,看到了我脸上惊恐的表情。她白了我一眼,因为在咒语念完之前我们

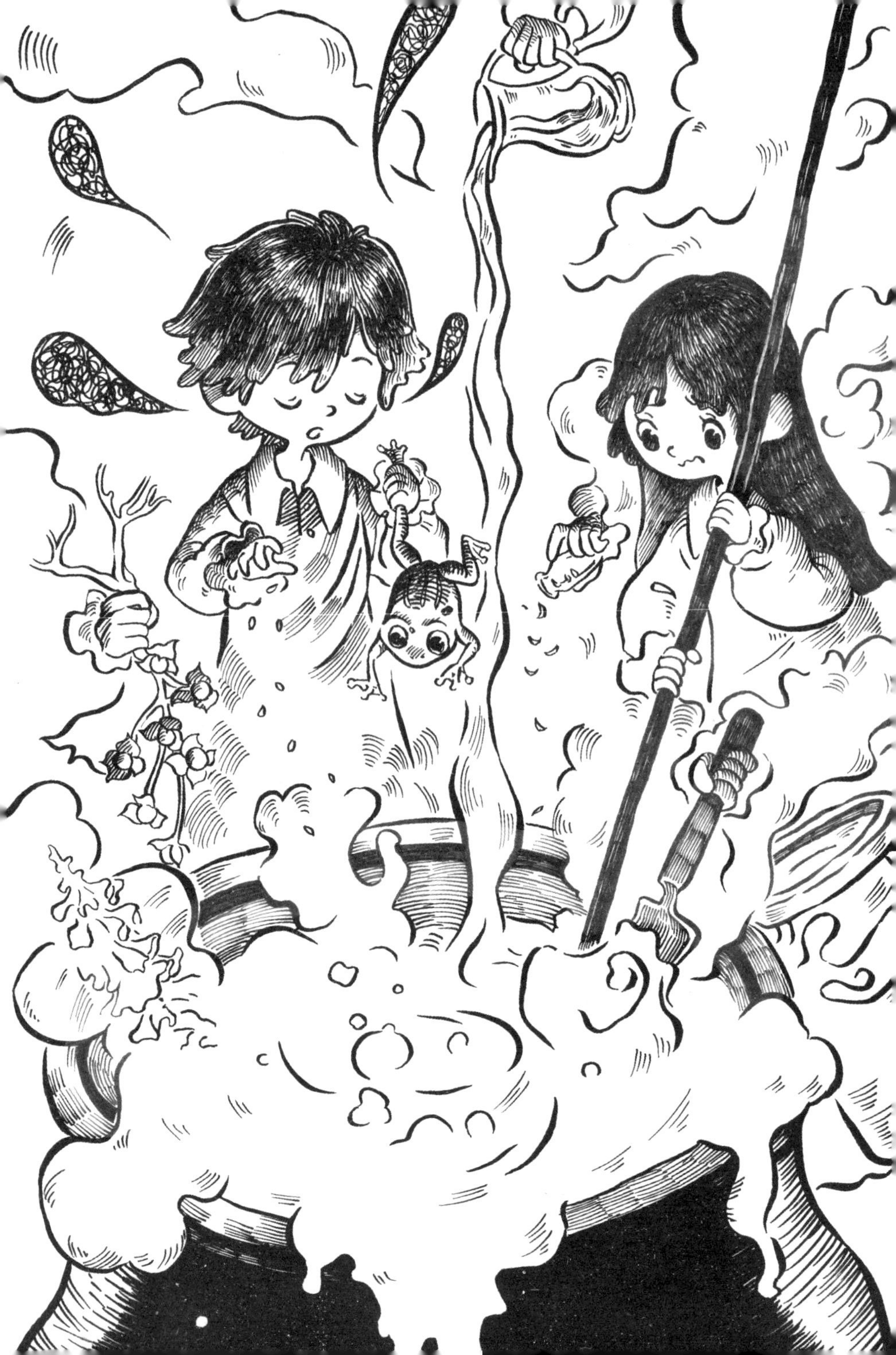

不能说话。她一边念着咒语,一边拎着我美丽的乐小天,让它在大锅上方晃来晃去。我一秒钟也不能忍了,终于大叫一声"停"!我一把抓住了她的手腕,使劲摇晃着她的手,直到她终于松开手。乐小天掉到了地上,一蹦一跳地逃走了,转眼就没了踪影。

詹妮弗一言不发。她捡起地上的空罐子,走到魔力之圈的喷泉那里,用罐子装满水,然后把火浇灭了。

"你在干什么?"我问。

"灭火呀。"她回答。

"我知道你在灭火。我的意思是你为什么要这么做?"

"问你自己吧。"她回答。

"好吧,算我错了。"我说,"那你为什么要把火弄灭呢?"

"因为咒语已经中断了,你永远不会成为真正的女巫了。你总是想要知道原因,而且你总是感情用事!"

"可是你呢,詹妮弗,你简直铁石心肠!你做什么事情都毫不留情！"

"你被开除了。"詹妮弗说,甚至不再抬眼看我。

"你……"我尖叫着,很想说一些狠话回敬她,"你……你……你……詹妮弗！"我大声喊完,转身跑开。直到跑出公园,我才忍不住哭了起来。

我哭,最开始是因为我失去了詹妮弗、乐小天,还有飞行药膏,这些是按照我的在乎程度排序的。后来我哭,是因为对自己很生气,就像考试没通过时会后悔自己平时没有学习一样,没有任何借口可找。我们一起付出了那么多努力,我却没能通过制作飞行药膏的这场考试。就在我快到家的时候,我突然又想起了乐小天,不禁开始生起詹妮弗的气来。不过这一次,我倒没有受伤的感觉,反而感觉还好,甚至有点儿疯狂。这好像是我第一次没听詹妮弗的指令,和她对着干。我觉得詹妮弗很残忍——她对乐小天残忍,对我也残忍。我一直告诉自己詹妮弗很"残忍",但是到公寓楼下时,我突然意识到一件事:詹妮弗并

Jennifer, Hecate, Macbeth, William McKinley, and me, Elizabeth

没有对乐小天很残忍,她其实希望我阻止她把乐小天丢进大锅里!我突然想到了《麦克白》里的情形,蛤蟆本来应该是女巫放入锅里的第一个配料,她说过的!但是她故意把乐小天留到了最后,还故意抓着乐小天的腿在大锅上方摇晃了那么久。她总有办法不对自己发火,而是对我发火。我敢确定,即使我没有阻止她,她也会阻止自己的。电梯来的时候,我又气得大哭起来。

当我走进家门的时候,妈妈看着我:"你怎么了?"

"我吵架了。"我说。

"和谁吵架?"她问。

"詹妮弗。"我回答。

"詹妮弗是谁?"她问。

"一个老巫婆!"我大叫着跑回自己的房间,砰的一声使劲关上了门。

第十章 真相

即便詹妮弗没有对我说我已经不是预备女巫了，我自己也很清楚，一切魔法都消失了。第二天早晨，我就感冒了。不仅如此，更气人的是，妈妈说感冒很可能是辛西娅传染的，因为我的症状跟辛西娅之前的症状很像。辛西娅把她讨厌的病毒传给我了，而且现在还是春假，我不能以感冒为借口不去上课了。

这个春假我总是哭鼻子，妈妈觉得主要是因为我病了，我的体温比正常的 37 摄氏度还高不少。其实我自己

Jennifer, Hecate, Macbeth, William McKinley, and me, Elizabeth

知道,我哭鼻子还有其他原因,我是因为生气才哭的。有时我会想,就算我在学校故意冷落詹妮弗,也绝对不会有人注意到的,因为学校里的同学根本不知道我们彼此认识呀。

开学的时候,我已经差不多好了。所有课程都是接着放假前没讲完的地方开始上的,我觉得一点儿意思也没有。当然,我依旧一个人去上学。不过万圣节以来,我第一次觉得上学的路途很孤单。因为自从认识詹妮弗以后,在大树那儿寻找她留给我的纸条或者给她留纸条,已经让每天上学和放学的时光成了小小的探险之旅。有那么几天,我都改走大路去上学了,但是走大路也很没意思。冬天的时候,公路部门的人往路上撒了很多沙子,以防雪天车辆打滑,现在他们正在把路边排水沟里的沙子铲出来。铁锹与地面摩擦的声音总是让我浑身起鸡皮疙瘩。看来我当女巫的日子是真的结束了,魔法已经完全失灵了。

我又重新开始走树林里的小路,土壤松软而潮湿,即

便是原来堆得最厚的雪也开始融化了。

星期五上学放学的路上,每次经过大树那儿,我都要查看一下有没有詹妮弗留下的纸条。我一天路过了四次,却一无所获。星期六,妈妈准备去超市采购的时候,我喊道:"等等我,我也要去。"

妈妈很惊讶地说:"我以为你跟往常一样,要去图书馆。"

"哦,那个作业已经完成了。"我说。

"你得 A 了吗?"妈妈问。

"没有。"我回答。

"你在那个作业上那么下功夫,我以为你不仅会得 A,还会得个奖牌呢。"

"唉,有的时候你拼尽全力做一件事,到头来不过是得到了点愚蠢的病毒。"

"你想说什么?"妈妈问。

"我也不知道。"我说完就又开始哭鼻子了。

Jennifer, Hecate, Macbeth, William McKinley, and me, Elizabeth

"还是感冒病毒。"妈妈说,"你感冒没全好呢,肯定是因为那个病毒,你上周一直在床上哭个不停,应该是这个感冒的症状之一吧。"

我当然会哭了,不论上周还是现在,詹妮弗作为女巫对我发出的警告成真了:乐小天带给了我巨大的痛苦。虽然我还不清楚后两条警告的含义。

妈妈看看我,走了过来,用手托着我的下巴,轻轻地抬起我的头,温柔地说:"也许你该在家好好休息,我和你爸爸去超市就可以了。或者你可以邀请辛西娅过来陪你呀。"

一想到我情绪这么低落,还要一上午都跟辛西娅待在一起,我就不敢再哭了。"好吧,我待在家。一个人待在家就够了。"我大声地脱口而出。

"真不明白你为什么不喜欢辛西娅,我觉得这个女孩子很好呀。"妈妈说道。

"妈妈,"我说,"你要真想知道为什么,我现在就告诉你。辛西娅一直都很虚伪,更可怕的是,她一点儿都不自知,还自我感觉良好呢!她可是个彻头彻尾的两面派。除了彻底无视以外,我简直无法忍受她。"

"好吧,好吧。"妈妈说,"你就自己待在家里吧。有人敲门就从猫眼看一看,不认识的人不要给开门。"

在爸爸妈妈走了二十多分钟以后,我突然感到前所未有的孤独,简直是全美国最孤独的小孩儿了。我给自己冲了杯巧克力牛奶,加了平时三倍那么多的糖浆,还吃了四块花生黄油饼干。吃完喝完,我走出客厅,来到阳台上。

树又绿起来啦,满眼的嫩绿,生机盎然。庄园里花房的窗户在阳光下熠熠发光,颇有些晃眼。微风中,树枝轻轻晃动,阴影不时地投在玻璃上,光线忽明忽暗。我心里想,这可能算是最隐秘的莫尔斯电码了吧。我坐在阳台上,盯着那个花房看。妈妈把阳台布置得很舒服,她刚把冬天堆在阳台的煤清理走,又添了些家具。这里是全家最好的观景位置。自从搬到这儿以后,我还没有好好享受过

Jennifer, Hecate, Macbeth, William McKinley, and me, Elizabeth

阳台呢:九月份刚搬来的时候,阳台上没有什么家具;十月份天就冷了,所以阳台的门一直都锁着;四月份,妈妈把阳台布置好以后,我又感冒了。

从阳台望出去,庄园那边的景色最漂亮。往另一个方向看,能看到普罗维登斯大街,但是大街上吵吵闹闹的,远不如庄园的宁静之美。所以,我的目光总是又回到庄园的花房上。花房的玻璃在阳光下闪闪发光,闪哪,闪哪,我心想,我要是有一天有钱又有名了,我也要建一间自己的花房,那样我一年四季都可以看到鲜花,冬天里也能吃到新鲜的洋葱,甚至一月份还能吃上西瓜!

一月份的西瓜!天哪!三月份的蛤蟆!天哪!一个不会下雨的地方!天哪!乐小天应该就出生在花房啊!而詹妮弗的爸爸,那个植物魔法师,就是种出西瓜和颠茄的人哪!我跟詹妮弗决裂的那天,乐小天的家确实来到了我的身边,因为詹妮弗用她的小推车把花房里的植物带到了公园。看来花房的窗户确实传递着莫尔斯电码呢。现在一切都真相大白了！我太聪明了！我就是天才呀！

我为自己的伟大发现和聪明才智兴奋不已，但我也为无人分享而生气，至少詹妮弗应该知道这一切。我决定通过赛默森庄园的主人给詹妮弗转交一封特殊的信，她签收的时候，自然就明白我已经知道她住哪儿啦。又或者我可以在大树上留一张神秘的纸条，可是我不确定她是否还会去查看。我很想给她打个电话，但是我现在还不能打电话呢。算了，反正我已经被她开除了！我马上拿起电话号码簿，查到了赛默森夫人的电话。詹妮弗听到我的声音一定会很惊讶吧？她一定很好奇我是怎么找到她的。

我渐渐地想明白了一切。赛默森夫人是以收藏古董闻名的，所以詹妮弗才能找到一口三条腿的大锅，还有一件真正的清教徒衣服。因为詹妮弗和我就是邻居，所以她拿到纸条就很容易。我边想边在地板上走来走去，嘴里嚼着我其实并不爱吃的盐焗腰果。不行，我必须把我的这些发现告诉什么人！必须！对，我可以念一个咒语，好让妈妈

Jennifer, Hecate, Macbeth, William McKinley, and me, Elizabeth

马上回来,我就可以把一切都说给她听了,正好还能检验一下我身上是不是还残留着一些魔法。这时,门铃响了,我往门口拉了一把椅子,站在椅子上面我才能透过猫眼去看外面是谁。一开始,我看不到任何人,然后我使劲踮起脚,透过猫眼往地板上看。我看到了一辆小推车,是詹妮弗的小推车!我马上跳下椅子,把门打开。

詹妮弗第一次走进了我的家,她的眼睛仍然习惯性地向上看着天花板。

"嘿!"我说。

"你有什么吃的吗?"她问。我站在那儿,嘴都惊得合不上了。除了詹妮弗,谁还会如此不懂礼貌呢?

接下来我说:"嗯,有呀。你想来点什么?生鸡蛋?生洋葱?或者五根没煮熟的意大利面?还是一点儿生燕麦片?你到底喜欢哪种?"

詹妮弗看着我说:"我只想喝点水。"

我笑出了声:"看看你的小推车,空荡荡的!你必

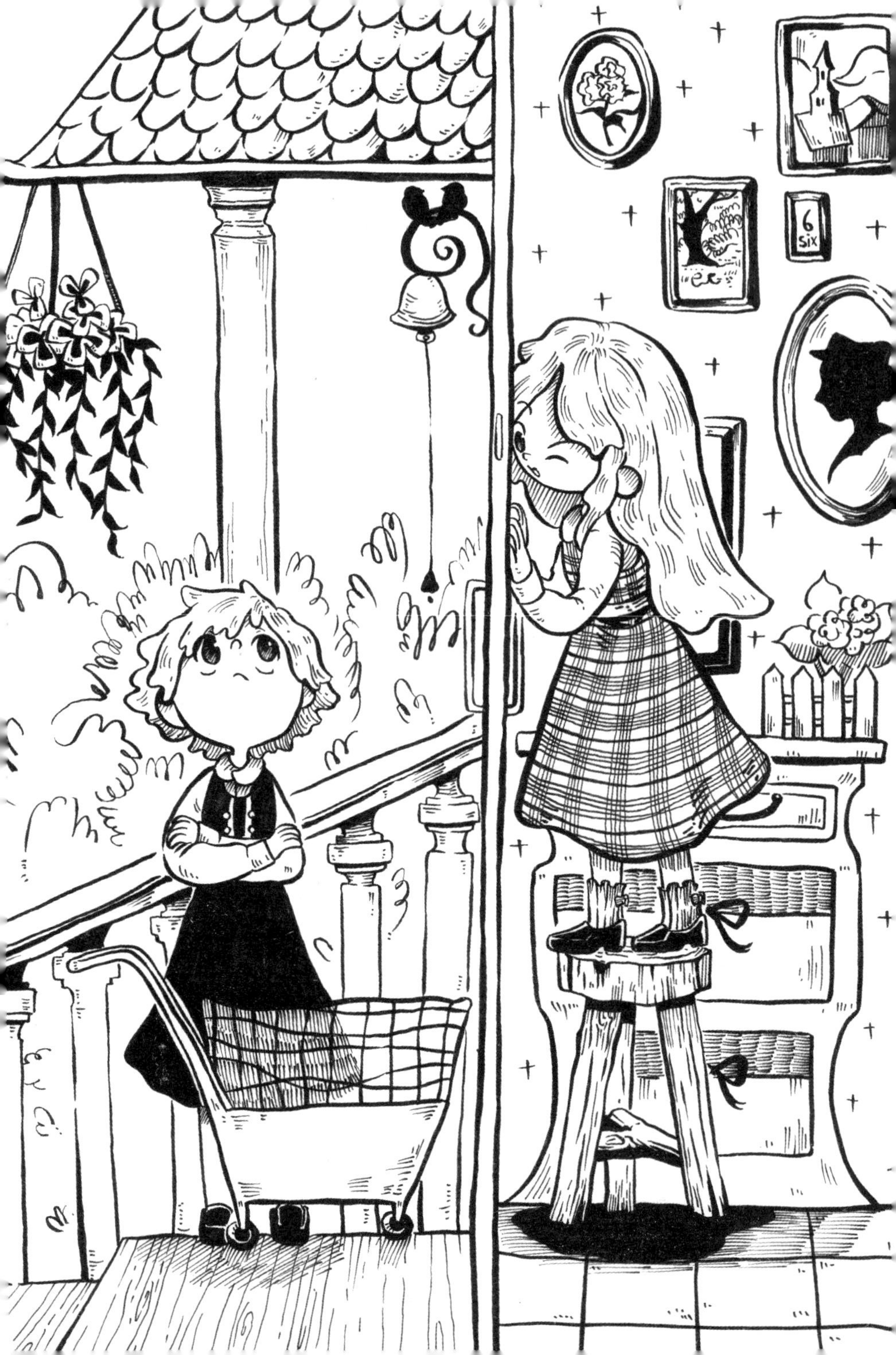
6
six

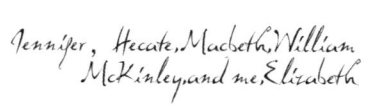

Jennifer, Hecate, Macbeth, William McKinley, and me, Elizabeth

须——必须——允许我用万圣节的糖果把它给装满！"

詹妮弗看了看我，露出了微笑。这是她第一次对我微笑呢，接着她又哈哈大笑起来。詹妮弗竟然笑了！她笑呀，笑呀，根本停不下来了。我也跟着她笑呀，笑呀，也停不下来了。这是我们第一次在一起捧腹大笑。爸爸妈妈回来的时候，我们正嬉笑打闹个不停呢。我向他们介绍了詹妮弗。妈妈微笑着说："你好！你们两个能一起帮我把这些从超市买的东西拿出来摆放好吗？"我俩都帮忙了。詹妮弗好像原本就知道每样东西应该放在哪里一样，干得很麻利。

现在，我和詹妮弗经常在一起开怀大笑。我们还一起去上学。有的时候我会去她家玩，她就住在庄园看门人的房子里。我们有时会一起去看望赛默森太太，她比老两口儿还要老呢，她经常给我们讲她那些古老而有趣的故事。我们已经不太在意辛西娅了，因为我们都不孤独了。有的时候我们还会邀请玛利亚或者格蕾丝一起玩，但次数不

多,因为我们俩还玩不够呢。

　　我们也不再假扮女巫了,我们很喜欢自己现在的样子——詹妮弗和伊丽莎白的样子——我们成为最好的朋友啦。

《小巫婆求仙记》教学设计

刘晓蓓/深圳市南山实验教育集团麒麟小学

【适读年级】小学三四年级

【建议课时】两课时

第一课时 阅读指导课

设计意图：

1.了解书中主要角色及部分情节，产生阅读期待。

2.学习"预测""联想"的阅读策略，形成边读边想的阅读意识。

建议时长：40分钟

课堂流程：

一、我有小问号

(一)观察和提问：今天这节课，我们一起来读《小巫

小巫婆求仙记

婆求仙记》这本书,作者是美国作家E.L.柯尼斯伯格。看到书名和封面,你产生了哪些疑问?请说出你此刻头脑中冒出的"小问号"。

(二)畅所欲言:老师把学生提出的问题浓缩成关键词,记录在黑板上。

(三)整理问题:引导学生对黑板上的问题进行合并和归类,选出同学们共同关心的问题,例如:

小巫婆是谁?

她是怎么求仙的?

她成功了吗?

…………

二、我来猜猜看

(一)真假女巫:本书以伊丽莎白的口吻讲述了她和詹妮弗之间离奇有趣的故事。"我"是在上学路上第一次见到詹妮弗的。詹妮弗看起来只是一个瘦削的、打扮怪异的小女孩,和普通人没什么两样。可是詹妮弗竟然告诉

Jennifer, Hecate, Macbeth, William McKinley, and me, Elizabeth

"我"她是一位女巫。这是真的吗?听老师读第一章《相遇》中的片段,说说你的看法。

(老师朗读"第一次遇见詹妮弗的时候,我正仰着头看树叶,而她在一棵树上……詹妮弗的话应验了:女巫从不迟到,而我却迟到了"。)

(二)细说理由:你认为詹妮弗是女巫吗?你是从哪些地方看出来的?请仿照下面的句子,说清楚你的观点和理由,找到的理由越多越好。

我认为她是女巫,因为她知道我的袋子里装着三块巧克力曲奇饼干,而我并没有告诉过她。

我认为她是女巫,因为_____

我认为她不是女巫,因为_____

(三)教师小结:詹妮弗到底是不是女巫呢?每个同学都给出了自己的观点和理由,说得有理有据。在阅读小说的过程中,我们要善于运用预测的阅读策略,关注有用的细节,经常问自己一些问题。例如:根据这处描写,这个角

149

色是个怎样的人？他(她)接下来可能会做什么？

三、我会找联系

(一)我会联想：在第一章的结尾，我们知道伊丽莎白与詹妮弗初次相遇后，就认定了詹妮弗是一个真正的女巫，她为此很兴奋。后来，还发生了一件更令她激动的事情，她竟然荣幸地被詹妮弗选为徒弟，可以学习魔法，拥有女巫的超能力！于是，她俩一起踏上了有趣的"求仙之旅"。阅读第三章《神圣的仪式》，填写下面的表格。

书中细节	我的联想	我的预测
詹妮弗的钥匙	女巫的水晶球	钥匙有魔力
画了一个大圈		
把血滴在钥匙上		
詹妮弗念咒语		

(二)同伴交流：和小组同学交流你填写的表格，说一说你的联想和预测，再看看别人的想法与你的有何不同。

Jennifer, Hecate, Macbeth, William McKinley, and me, Elizabeth

想一想,他们的想法有道理吗?

(三)教师小结:阅读时,我们往往会不由自主地联想到自己经历过的某件事,看过的某本书、某部电影,还会想起自己当时的感受和心情,从而帮助我们理解书中的内容。这就是联想的作用。阅读时,我们要多联想,把这本书和另外一本书、和自己的生活联系起来。

四、我能自己读

老师布置学生独立阅读《小巫婆求仙记》一书,时间为一周左右。老师每天利用固定的时间,询问学生阅读进度,聆听学生读后随感。

第二课时 读后交流课

设计意图:

1. 以图示的形式,梳理全书的故事梗概并复述故事。

2. 以"变化"为核心词,通过纵向发展图揭示主人公的

成长历程。

建议时长: 40分钟

课堂流程:

一、我能讲故事

(一)请学生回顾书中的主要人物,说说他们和主人公伊丽莎白是什么关系?

(二)请学生在人物关系图中呈现伊丽莎白与这些人物的关系,先想一想,再填写表格。

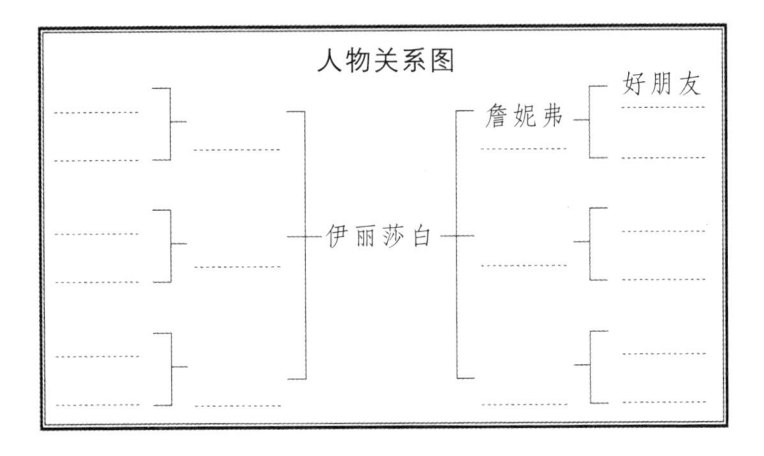

人物关系图

詹妮弗——好朋友

伊丽莎白

Jennifer, Hecate, Macbeth, William McKinley, and me, Elizabeth

(三)依据人物关系图,把故事的来龙去脉简要讲给同学听,可以参考下面的句式。

《小巫婆求仙记》这本书主要讲了伊丽莎白和詹妮弗之间的故事。有一天……然后……后来……中间发生了一点儿插曲……最后……

二、我有大发现

(一)詹妮弗和伊丽莎白一起做了哪些有意思的事?你发现伊丽莎白发生了哪些变化?先和小组内的同学聊一聊,再填一填下面的表格。

具体事件	原来的伊丽莎白	现在的伊丽莎白
1.	1.	1.
2.	2.	2.
3.	3.	3.
4.	4.	4.

(二)通过梳理伊丽莎白的变化,你认为好的友情是

小巫婆求仙记

什么样的?请写一句"友情箴言"表达你的感受。

友情箴言:_____

三、我要来挑战

请从下面的任务卡中选择一个你喜欢的完成。希望你能勇敢尝试!

任务1

生活中,谁是你最好的朋友?你们之间发生过哪些有意思的故事?选择一件印象最深的事,写成一篇小作文,写好后读给你的好朋友听。

任务2

《小巫婆求仙记》的原书名是《Jennifer, Hecate, Macbeth, William Mckinley, and me, Elizabeth》,翻译成中文就是《詹妮弗,赫卡忒,麦

Jennifer, Hecate, Macbeth, William McKinley, and me, Elizabeth

克白,威廉迈凯立小学和我,伊丽莎白》。这一长串的名字中,除了我们熟悉的詹妮弗、伊丽莎白和她俩就读的威廉迈凯立小学以外,还有两个陌生的名字——赫卡忒和麦克白。他们是谁呢?他们分别是莎士比亚《麦克白》这部戏剧中的女巫王后和主人公。问题又来了,书名中为什么要出现这两个人的名字呢?本书和《麦克白》之间有什么联系呢?

请你和大人一起读一读《麦克白》,做一回小侦探,到书中探究一番吧!